JN283544
「僕は……僕達は、センカ」
そして少女は、小さな微笑みを浮かべた――。
1

東花見州
Higashihanamijima
TEL
「……千夏!?」

思わず、令は叫んだ。
ホームの向こうにいるのは——
幼なじみの千夏だった。

「お久しぶり……
というほどでもないかしら？
お二人とも。会いたかったですわ」
彼女は優雅な笑みを浮かべて、挨拶した。

ムゲンのセンカ 1

六塚 光

角川文庫 15497

目次

口絵・本文イラスト／真田鈴
カバー・口絵仕上げ／アライ
口絵・本文デザイン／元良志和

1 天使たちとの遭遇

エンカウンター・ザ・カロンズ

狙撃《そげき》の際、もっとも大切なのは、無心になること。

それがセンカの流儀《りゅうぎ》だった。だから彼女は今、駅のトイレの個室の中で無心になっていた。便座の上に乗り、小さな窓を開けて、そこからにゅっとライフルを突《つ》き出す、という姿勢《しせい》で。

正確には、それはライフルではない。細長い銃身《じゅうしん》を持った狙撃用の道具ではあるが、そのデザインはこの地上に存在するどのライフルとも異《こと》なる。加えて、この「ライフル」が発射するのは実物の弾丸《だんがん》ではない。

魔法《まほう》の弾丸、植物の種《たね》だ。

不動の姿勢で、センカは窓の外、道路脇《わき》の植え込みをじっと注視している。

そこに、一匹《ぴき》の犬がいる。これもまた、この地上には存在しない種類の犬だ。見分けるのに専門知識はいらない——額の上あたりに白い十字の光が輝《かがや》いている犬など、いるはずがない。

道行く人間は誰《だれ》一人気づいていない。犬はまるで誰かを待ち伏《ぶ》せしているかのように、植え込みの内側に隠《かく》れていた。

気にしているのは、センカただ一人だ。

（一撃で仕留《しと》める）

ターゲットを、センカは照準越《ご》しに見つめ続ける。

額の十字に照準の十字を重ね合わせて――センカは引き金を引いた。

銃床《じゅうしょう》が肩《かた》に食い込んで、センカは「弾丸」が発射されたことを知る。

一拍遅《いっぱくおく》れて、野犬は「ギャワン」と悲鳴を上げ、ひっくり返った。

狙《ねら》い通り、「弾丸」は野犬の額を撃《う》ち抜《ぬ》いた。

照準越しに、センカは経過を確認《かくにん》する。

のたうち回っている間に、野犬の額から芽が生えてきた。

尋常《じんじょう》ならざる勢いで、芽はずるずると伸《の》びていく。野犬は前足でかきむしろうとしたが、手遅れだった。

芽はつるとなって、植え込みの中へと這《は》っていった。爆発《ばくはつ》的な生長を果たすためのエネルギーは、野犬の身体《からだ》から吸い上げたものだ。すぐに野犬は抵抗《ていこう》する力を失い、ぐったりした。体内に食い込んだ根が野犬の身体を突き破ってはみ出し、こっちは地面に潜《もぐ》り込んでいく。

数秒の後には、野犬の身体は網状《あみじょう》の植物へと成り変わっていた。

やがてつぼみが生え、メリメリと肥大化し、ぱっとアサガオの花が開いた。

「開花確認」

呟《つぶや》いて、センカは銃身を窓から引っ込めた。頭上に輝く光輪に「ライフル」を押し込んで片づける。直後、光輪は消え去った。

「……ふう」

息を吐《は》き出しながら、センカは個室を出た。

トイレの中には誰もいなかった。他《ほか》の個室のドアは全《すべ》て開いたままになっている。それでも一応、手を洗ってからトイレを出た。

仕事を済ませたことで、わずかに気がゆるんでいたのだろう。駅のホームに出た瞬間《しゅんかん》、自分は大きなミスをやらかしたことに気がついた。

ホームの向こうで、秋島令《あきしまれい》がセンカを見つめていたのだ。

「……千夏《せんか》!?」

思わず、令は叫《さけ》んだ。

ホームの向こうにいるのは——深江《ふかえ》千夏、幼なじみの千夏だった。

その叫びはしかし、届かない。

直後、視界一杯《いっぱい》に急行列車が割り込んできた。

「………………」

髪《かみ》を押さえながら、令は列車の通過を待つ。

数秒ほどで急行は走り去ったが——

その時には、千夏の姿も消え去っていた。

「今の……千夏だよね……!?」

しばしの間、令は千夏がいたあたりをじっと見つめ続けた。

自分の見たものが信じられなかった。

こんな場所に、千夏がいるはずがないというのに。

しかし——白シャツにミニスカ、という彼女にしては珍《めずら》しい服装だったが、あの顔は間違《まちが》いない——深江千夏その人だ。

何よりも、千夏は令の姿をはっきりと視認していた。列車の陰《かげ》に隠れる寸前、千夏ははっきりとした反応を見せた。令を見つけた——または、見つかってしまったという顔を、一瞬だけ露《あら》わにした。

(追いかけなくちゃ)

本能的に、令は駆《か》け出していた。今ならば、追いつくことができるかもしれない。

令は改札口への階段を転げるように降り、そして——

「ぎゃわ——ッ!!」

実際に転倒《てんとう》した。

ふらふらとした足取りで、令は東花見州《ひがしはなみじま》駅前の広場へと出た。

煉瓦敷《じ》きの開けたスペースを、多くの人々が行き交《か》っている。夕食の買い出しに出かける主婦、営業回りのビジネスマン、学校帰りの生徒など、顔ぶれは様々だ。

けれども、千夏の姿は見つからない。

「どっちに行ったんだろ……」

階段での転倒というタイムロスは、色々な意味で痛かった。令は顔をしかめた。

それでも、まだあきらめられない。見間違いなら見間違いでいい、せめてその正体を見極《みきわ》めておきたかった。せめて手がかりはないか、と首《こうべ》を巡《めぐ》らせ――

「ん～……と？」

その時、令は何かを感じた。

顔を後背に向ける。「何か」は駅の向こうから、令にサインを送っていた。

「いつものアレか。……ま、行ってみようか……」

冴《さ》えない表情で、令は高架《こうか》下を抜ける道を歩き始めた。

令は昔から、謎《なぞ》の「気配」を感知する。「気配」の現れ方は様々だ――数秒で消えることもあれば、数十分にわたって残ることもある。現れる場所もランダムだ。決まっていることといえば、花見州市の内側――つまり、五つの人工島の上のいずれかでのみ発生する、という程度。

その発生が何を意味するのかは、謎だ。気配を感知してその場に行ってみたところで、特に変わったことが起きているわけでもない。妙《みょう》な気配、違和感《いわかん》が強くなるだけで、それ以外のことは何もない。

これらを感知できるのは、令一人だけだ。子供の頃《ころ》は、違和感を覚えるごとに友達に言ったりしたものだが、変な顔をされるのが常だった。一種の超能力《ちょうのうりょく》だ、と令は信じていたが、何の役に立つのか自分でもわからないのでは、自慢《じまん》のしようがない。

それでも——この力には何か意味があるはずだ。令はそう信じていた。例えば、たった今消えた千夏らしき人物を捜《さが》し出す標《しるべ》になるとか——

五分もせずに、令は問題の地点にたどり着いた。

「…………」

待っていたのは、失望だった。

幹線道路わきの歩道だった。歩行者用の道と自転車用の道とが色分けされた、広い歩道だ。植え込みの向こう側の車道は全部で六車線、大型トラックが何台も行き交っている。歩道と車道の間には、背の低い植え込みが茂《しげ》っている。

特に変わった様子はない。ごく普通《ふつう》の街角の一風景が、そこにはあった。

「やっぱり、関係ないよね……」

令はため息を吐き出した。無駄足《むだあし》だったようだ——予期してはいたが。

それでも何か無いだろうか、と注意深く周囲を見回すと——

「ん？　なんだ？」

緑色の植え込みの奥に、鮮烈《せんれつ》な赤い色が交じっていることに、令は気づいた。

植え込みをかき分けると――そこに、アサガオの花が咲《さ》いていた。

「アサガオ？　春だってのに？」

アサガオのつるは広い範囲《はんい》に生い茂っていた。こんな場所にアサガオが生えているのも、春にアサガオが咲いているのも妙な話だ。

とはいえ、説明のつかない話ではない。誰《だれ》かがこの辺に種をこぼしたとしたら？　土の地面がある限り、どこにだってアサガオが生える権利はある。それに、秋に咲くタンポポだってある。春にアサガオが咲いて何が悪いのか。

ただ、このアサガオは「千夏」を追いかける手がかりにはなりそうもない。

令は肩を落とした。

もはや「千夏」に追いつくのは不可能なのか。自分が見たのが幻《まぼろし》だったのかどうか、確認《かくにん》することもできないのか――

考えにふけりながら一歩踏《ふ》み出した途端《とたん》、

「あつっ」

肩口《かたぐち》が誰かにぶつかった。

「あ、すいません！」

慌《あわ》てて令が頭を下げると、

「……おまえは本当に不注意だな」

聞いたことのある声が飛んできた。

「あれ、弘毅《ひろき》」

クラスメイトの平岡《ひらおか》弘毅だった。

「いつおまえが車にはねられるか、心配で仕方ねえ」

弘毅は顔を手で押さえ、天を仰《あお》いでみせた。

「子供扱《あつか》いするのは、やめてよね」

令はうんざり感を言葉にこめた。背の高い弘毅に言われると、小柄《こがら》な令としては泣きたくなる。

「なんでここに？　先に帰ったんじゃなかったの」

「本屋に寄ってたんだよ。新刊本を買ってきた」

手にぶら下げたビニール袋《ぶくろ》を、弘毅は誇示《こじ》した。袋の中には数冊の文庫が収まっているようだ。

「それよかおまえ、随分《ずいぶん》深刻な顔をしていたようだが。何かあったのか？」

「いや、大したことじゃないよ……」

令は嘘《うそ》をついた。だがその口調は、「何かあった」と主張しているも同然だった。

「本当か？」

弘毅はさらに尋《たず》ねてくる。

「本当……本当だって」

令は途方《とほう》に暮れた。本当のことを言えば、弘毅がどんな反応を示すか——おおよそ想像がつくだけに。

ぐい、と弘毅が令の腕《うで》を摑《つか》んだ。

「喫茶店《きっさてん》行くぞ。話、聞いてやるからよ」

曖昧《あいまい》な令の態度を、「言いたいことが言えないでいる」という風に取ったらしい。半ば強引《ごういん》に、弘毅は令を引っ張っていく。

「……あうう」

こうなっては、弘毅は簡単に令を解放してくれないだろう。本当のことをしゃべるしかないのか——令は暗澹《あんたん》たる気分に囚《とら》われた。

「……ってわけなんだ」

喫茶店の席上にて、令はついさっき起きたこと、「千夏」を見かけた件についてすべて語った。

「…………」

困惑《こんわく》の表情を浮《う》かべて、弘毅は黙《だま》り込んだ。

(これだからイヤだったんだ)

こんなことなら、架空《かくう》のカツアゲ集団でも持ち出して、適当にこの場を切り抜けるべきだった。令がそう思うほどに、沈黙《ちんもく》は重い。

「あー、……千夏を見かけた、だって?」

当惑《とうわく》を隠さずに、弘毅は言った。

「うん」令は頷《うなず》き返した。「向こうも僕に気づいたんだ。あれは——千夏としか考えようがない」

「やめろ、令」

弘毅は身を乗り出した。

「それ以上言うな」

「いや、だって——」

「おまえの気持ちはよくわかる」

令の反論を、弘毅は無視した。

「だが、現実から目を背《そむ》けちゃダメだ。誰のためにもならないし——千夏もそんなこと、望んでないはずだぜ」

「…………」

思い切りため息を吐き出したい衝動《しょうどう》を、令はどうにか抑《おさ》えた。「現実から目を背けるな」と言われても、現実に千夏の姿を見てしまったのだ。どうして、追いかけずにいられるというのか。

とはいえ、弘毅の気持ちもよく理解できる。傍《はた》から見れば、千夏を求める強い気持ちが幻覚《げんかく》となって現れた、と取るのが常識的だろう。実際令自身も、幻を見たのではないかという気持ちになりつつあった。

幻でなければ、説明がつかないからだ――千夏が街を出歩いている、という事象について。

「大丈夫《だいじょうぶ》だよ」

疲《つか》れのこもった口調で、令は言った。

「千夏はもういないんだ。ちゃんとわきまえているよ。ただ、すごく良く似ている人を見かけたから、興味が湧《わ》いただけさ」

適当にごまかして、令は席を立つ。

「そろそろ出るか」

窓の外の斜陽《しゃよう》に気づいて、弘毅も身体を起こした。

「今日のところは俺がおごってやる」

「ハハ……ありがと」

令は素直《すなお》に礼を言った。どうにか、失望感を隠しながら。

しかし、仕方のないことだ。たとえ仲のいい友達でも、こんな話が通るはずがない。

（半年前に死んだ幼なじみを街で見かけたなんて、タチの悪い冗談《じょうだん》じゃないか）


病院のベッドに横たわっている千夏とまみえたのは半年前、千夏の死の三日前だった。

つい最近まで普通に歩き、笑っていた千夏が、土気色の顔色でベッドに寝《ね》ている。おおよそ信じられない、とうてい受け入れられない現実だった。

人の死に立ち会ったことのない令でも、はっきりとわかった。

死相。

たった今、千夏の顔に浮かんでいるのが死相なのだと。

「令……」

ベッドのそばの幼なじみに気づくと、千夏は弱々しい声を漏《も》らした。

「僕はここにいる」

令は千夏の手を摑んだ。

「何があったの」

問いかけに、しかし千夏は弱々しい微笑《ほほえ》みを浮かべ、首を振《ふ》るだけだった。

「ごめんね」

何故《なぜ》か、謝罪の言葉を口にする。

「これ以上、令のこと、守ってあげられそうにない……」

何のことだ、と令は一瞬戸惑《いっしゅんとまど》った。

いじめのことだろうか。令は中学生の頃まで、よくいじめられていた。今まで大事なくやってこられたのは、千夏、弘毅が守ってくれたからだ。けれども、高校に入ってからはいじめはぱたりとやみ、今は何の懸念《けねん》もない高校生活を送っている。

「大丈夫だよ。僕はもう、一人でもやっていける」

そのことを念頭に、令は答えた。

「これからは、僕が千夏に恩を返す番なのに」

千夏は首を横に振った。

「恩返しが欲しくて、令に親切にしたわけじゃない」

気にするな、と言うように、千夏の手に力がこもる。

「それより……大切なのは、これから。これから先、令の身に災難がふりかかるはず。いじめとか、そんなのじゃなくて……もっと、大きなものが」

真剣《しんけん》な顔で語る千夏。

奇妙《きみょう》な物言いに、令は戸惑うしかなかった。

「災難……？　どういうこと？」

「今は、気にしなくていい。いつか、私の言葉を思い出す日が、来ると思う……」

千夏の手から、力がすっと抜けた。

「その日を迎《むか》えられなかったのが、心残りね……」

「そんなこと、言わないで」

令は千夏を励《はげ》ました。

「今は弱気になってるだけさ。すぐに良くなるよ」

「……いつも優《やさ》しいよね、令は」

口元に笑《え》みをたたえたまま、千夏は目を閉《と》ざした。

「いつか、私に似た人が、令の前に現れると思うから。優しくしてあげて……」

それが、令の聞いた最後《さいご》の言葉だった。

三日後、千夏は天国に旅立った。表向きは、転落事故による死と発表された。

千夏の最後の言葉は、令の胸の内に大きな謎となって残った。

いつか、令の身に災難が降りかかる。

千夏に似た人が令の前に現れる。

それは予言だったのか、それとも死を前にした人間のうわ言だったのか。最後まで千夏は理性を失っていないように思えた——が、理性ある人間がこんな妙な遺言《ゆいごん》を残すだろうか。

千夏は一体何を知っていて、何を伝えたかったのか？

その答えを知っているのは千夏ただ一人。令がいくら考えてもわかるはずがない。

疑問にこだわることの愚《ぐ》を悟《さと》り、令はこのことを忘れようと努めた。事実ほとんど忘れ去っていた——この日、「千夏」と駅で遭遇《そうぐう》するまでは。


「ただいま……」

令の家は東花見州の高級マンション、最上階にある。

大阪府花見州市は、大阪湾《わん》に浮かぶ五つの人工島で構成される。市役所が設置されている中花見州を中心とし、東西南北にほぼ同サイズの島が浮いている。各島が都市機能を分担しており、東花見州は居住区画を受け持っているのだ。

「お帰りー」

室内から声が返ってくる。令が入っていくと、エプロンをつけた少女が台所でおたまを握《にぎ》っていた。

「令君、遅《おそ》かったね？」

「うん。人に捕《つか》まって、ちょっと寄り道してきたんだ」

カバンを椅子《いす》の上に下ろしながら、令は答えた。

少女の名は秋島令名《れいな》。令とまったく同じ顔をした、双子《ふたご》の姉だ。ともに逢藍大学《おうらんだいがく》付属花見州高校に通う二年生である。家族構成は父と双子の三名だ。

母の顔を、令はよく覚えていない。名前は瀬名《せな》というらしいが、それ以上の情報を令は知らない。父が何も語りたがらないからだ。死別したのか離婚《りこん》したのか、それすらもわからなかった。

ともあれ、親はなくとも子は育つ。今では主として令名が、家庭内における母の役割を担当している。

「本当かな？」

笑みを浮かべたまま、令名は弟に顔を近づけてきた。

「女の子と会ってたとか、そんなことないよね？」

表情こそ天使のようだが、鼻先まで近づかれると猛烈《もうれつ》なプレッシャーになる。

「そんなことないよ。……弘毅にコーヒーをおごってもらったんだ」

しどろもどろになりながら、令は答えた。

「あ、弘毅？　なら問題ないわね」

令名はすっと身を引いた。

「お姉ちゃん、ほんと心配なんだからね？　令君、とっても男前だから、わけのわかんない女に言い寄られないか心配で心配で」

「そんなことないって」

令は肩をすくめた。

「異性に言い寄られるのはお姉ちゃんの方でしょ」

その端整《たんせい》な顔、清楚《せいそ》な雰囲気《ふんいき》故《ゆえ》に、令名は中学生の頃から注目の的だった。令が知っているだけでも、令名に告白してきた男の数は十指に余る。しかし、告白を受け入れたことは一度たりとなく、今も特定の相手はいない。

「関係ないわ、そんなの」

令名は長い髪をかき上げた。

「私にとって一番大切なのは、令君だもの。お姉ちゃんが知らない男とか連れてきたら、令君イヤでしょ？」

「それは……まあ……」

曖昧に、令は返事した。それはたしかにイヤだが、令名の真意は別にある。この発言は、「令が知らない女を連れてきたら絶対許さん」という意思表示の裏返しだ。単純にイエスといえば、言質《げんち》を取られる。

「それより」令名は話題を変えた。「弘毅と何を話してたの？」

「えっ？」令の声が裏返る。「べべべつに、大したことは……」

千夏の件を語れば、また過剰《かじょう》な反応が返って来るに決まっている。けれども、ごまかすにはもう遅すぎた。

「ム」

視線を細めて、令名は令に顔を寄せた。

「何かあったのね」

こうなったら、もはやしらを切ることはできない。しらを切ってもいいのだが、その場合は白状するまで令名につきまとわれることになる。

覚悟《かくご》を決めて、令は全《すべ》てを語った。「千夏」との遭遇について。

「…………」

話を聞き終えると、令名はしばらく黙って令を見つめていたが、

「……そう、なのね」

いきなり腕を伸《の》ばすと、令を抱《だ》きしめた。

「ちょ！　何⁉」

動揺《どうよう》する令を、令名は両腕で力一杯《ちからいっぱい》押さえ込む。

「ごめんね。お姉ちゃん、令君の気持ちをわかってあげられなくて……」

「いやいやいや！　どうしてそういう話になるの⁉」

令は姉を振り払《はら》おうとしたが、令名は予想外の膂力《りょりょく》でもって締《し》め付けてきた。

「令君はまだ、千夏が死んだことを受け入れられないのね？　でもダメ、千夏にはもう会えないの。それだけは、ちゃんとわきまえて。淋《さび》しい気持ちは、お姉ちゃんが受け止めてあげるか

ら……」

「大丈夫！　大丈夫だから！」

無理矢理《むりやり》、令は令名を引きはがした。

「ちょっと疲れているから、なんか見間違いをしただけだよ。世の中、良く似た顔の人間が三人はいるって言うでしょ」

見間違いをしたとは思っていなかったが、場を収めるために令は嘘をついた。

「そう？　そうなの？」

それでも、令名は心配そうな目を向けてくる。

「他《ほか》にどう説明できるって言うんだ。それよりお姉ちゃん、鍋《なべ》は大丈夫？」

火がついたままのコンロを、令は指さした。

「あっ」

令名は咄嗟《とっさ》に振り向いた。調理台に歩み寄り、鍋の中身を確認《かくにん》する。

「いけない、うっかりしてた。……すぐに晩ご飯にするから、待っててね」

コンロと向かい合ったまま、令名は言った。

（やっと解放された）

令は胸をなで下ろした。

周りの人間が過剰反応するのも、わからなくはない。千夏が死んでから、令は半月ほどひどく塞《ふさ》ぎ込み、一歩たりとも部屋から出ないという日々を過ごした。胸にぽっかりと穴が空いたような虚脱《きょだつ》感に包まれ、何もできない、何も考えられないという状態に陥《おちい》った。自殺してもおかしくないと思われたことだろう。

半年という時間が流れ、令は平静さを取り戻《もど》したつもりでいる。だが、「千夏の姿を町中で見た」と言い出したら、そりゃ周りも心配するだろう。

とはいえ、話をまったく信じてくれないとは困ったものだ。

信じ難《がた》い話なのは、百も承知だ。令自身もだんだん確信が薄《うす》れつつあった。死んだ千夏が幽《ゆう》霊《れい》になって化けて出てくるなんて、あり得ない。百歩譲《ゆず》って幽霊だったとしても、昼間の駅構内に現れるだなんて、常識外れにもほどがある。

ありそうなのは他人の空似という線だ。が、「千夏」はあの時はっきりと、令のことに気づいた顔をした。そこがひっかかる。

とにかく、他人の空似でもいい。自分が見たのは一体誰《だれ》だったのか、令ははっきりとした答えが欲しかった。

(問題は、誰の助けも借りられないってことだけど)

令が千夏の影《かげ》にこだわればこだわるほど、みんなはより心配を深めることだろう。

残念ながら、自力でこっそりと調べるしかない。

しかし、一体どうすればいいのか。令は途方に暮れるしかなかった。

意外なことに、助けの手はすぐに伸びてきた。

「俺も見た」

翌日、学校での昼休み時間、弁当を食べている最中に、弘毅が切り出してきた。

「昨日は悪かった、令。おまえの話を信じなかった」

「ちょ、なんのこと……」

戸惑う令だったが、すぐに弘毅の言わんとすることに気がついた。

「まさか、弘毅も見たの」

「そうなんだ」弘毅は頷いた。「あれは……たしかに、千夏だ」

どちらかというと、令は安堵《あんど》感《かん》を覚えた。やはり、昨日見た千夏は、幻ではなかったのだ。

「少なくとも、千夏に良く似ている人間だ。まあ、千夏の親類か誰か、ってオチのような気はするが」

「んー……どうかな。深江家に誰か来た様子はなかったけど」

千夏の家は、令と同じマンション、同階にある。向かい同士だ。千夏の両親も令の父と同じ会社に勤めており、忙《いそが》しいのか滅多《めった》に帰ってこないらしい。

「気になるのは」弘毅は首をひねった。「千夏にすごく似てるが、なんというか……大人っぽく見えたな。雰囲気がちょっと違《ちが》った」

「たしかに、そうだね。白シャツにミニスカなんて、千夏にしては珍《めずら》しい格好だったし」

令は頷いた。が、その発言に弘毅は妙《みょう》な反応を示した。

「ミニスカ？　いや、ズボンはいてたぜ。上は春先なのにノースリーブだ。なかなか大胆《だいたん》だと思った」

「……へ？」

令は目をぱちくりさせた。

「えーと、その……髪型《かみがた》は？」

「ポニーテールだった。ちょっと茶色に染めてたかな。だから印象が違って見えたのかもな」

「本当に……？」

弘毅の言葉に、令は眉《まゆ》を吊《つ》り上げた。

「僕が見かけたのは、長袖《ながそで》の白いシャツにミニのプリーツスカートで、ショートヘアだったんだけど……」

「なに？」

今度は弘毅が驚《おどろ》く番だった。

「俺が見かけたのとまったく別人じゃねえか」

「でも、千夏にすごく良く似ていた」

「こっちも、すごく似ていたが……」弘毅は考え込んだ。「衣装だけならともかく、髪型が違《ちが》うってのはおかしいな……あ、そうだ」

弘毅が手を叩《たた》いた。

「胸、どうだったよ。胸」

「胸？」

オウム返しに令が問うと、弘毅はやや恥《は》じ入るような表情を見せた。

「いやー、そのな。まず真っ先に胸が目に入ったのよ。うわ、なんだこの大きな胸は、と思って顔を見たら、その顔が千夏そっくりで二度ビックリだ」

「僕が見たのは……そうじゃなかったけど」

脳を振り絞《しぼ》り、一瞬《いっしゅん》だけ見えた千夏の姿を思い出してみる。しかし、体形に特に目を引くところはなかったはずだ。

「どういうことだよ。千夏のそっくりさんが、突然《とつぜん》二人も花見州に揃《そろ》ったのか？」

弘毅が投げやりに言う。

「幽霊とかだったら面白《おもしろ》い――って言うのは失礼だわな。とはいえ、当人が死んでから半年後にドッペルゲンガーが出てくるなんてのも妙な話だし」

「ドッペルゲンガーねえ。僕の知ってる範囲《はんい》だと、千夏はあんな服着たことないと思うけど」

「俺の記憶《きおく》が確かならば、千夏はあんなに胸が大きくなかった。ま、ドッペルゲンガーなんてあくまで伝説だからな。現実にいたら面白――興味深いが、科学的に証明されている話じゃない。その手の話は好きだが、俺は読んでる本と現実を混同するようなアホじゃないぜ」

「だよねえ」

議論が壁《かべ》にぶつかり、二人は黙《だま》り込んでしまう。ちょうどその時、

「……令君！」

教室の扉《とびら》が勢いよく開いて、令名が飛び込んできた。

「あ、令名……」

弘毅が声をかけた――が、令名はそれを無視し、いきなり令に抱きついてきた。

「ごめんね令君！　お姉ちゃん、令君の言葉疑っちゃって！」

「ちょっと！　弁当が危ないよ!?」

手に持っていた食べかけの弁当を、令は危《あや》うくぶちまけるところだった。それに気づいて、令名は慌《あわ》てて身を引いた。

「ごめんなさい。ちょっと興奮しちゃって……その……」

「もしかして、おまえも千夏を見かけたのか？」

冗談めかして弘毅が言うと、令名はびくりとして息を呑《の》んだ。

「まさか」弘毅は目を見開いた。「……見たのか？」

問いかけに、令名は無言で頷いた。

「実はついさっき、学校の外で……」

「外？」令が首をひねる。「コンビニにでも行ったの？　お姉ちゃんも弁当持ってるはずじゃ……」

問われると、はあ、と令名は息を吐《は》き出した。

「その……下駄箱《げたばこ》に手紙が入っていたの。昼休みに学校外で会って下さいって」

「また振ったのか。そろそろ百スイングに到達《とうたつ》するんじゃねえか」

呆《あき》れて、弘毅は天を仰《あお》いだ。

「誰《だれ》だったの？　相手は」

「加島先輩《かじませんぱい》だったんだけど……」

「マジか」弘毅が声を上げた。「校内男前コンテストで準優勝した、あの人を振ったのか」

「うん。だって、私は令君と結婚《けっこん》するんだって決めてるんだもの」

両頬《りょうほお》に両手をあて、顔を赤らめながら、令名は言い切った。

「そういう痛い発言はどうかと思うが……」

弘毅はツッコミを入れた。

「…………」

返ってきたのは、三白眼になった令名の殺人的視線だった。

「いや、俺は二人の幸せを祈《いの》ってるぜ？」弘毅はすぐに言い添《そ》えた。「ただ、事情を知らない人間には……あまり理解を得られないだろう、と思って」

「それは、そうね」令名は表情をゆるめた。「世間の無理解って、冷たいわよね。……って、大事なのはそんなことじゃなくて」

「そうだよ」令が発言した。「お姉ちゃんも、千夏を見かけたんだね」

「そう、そうなのよ」令名は令と向かい合う。「加島さんと別れた後、学校に戻ろうとして――反対側の歩道を歩いている人に気づいたの。どこかで見たことがあるような……って思ってたら、思い出したのよ。あれ、千夏だって」

「正確に思い出してくれ」弘毅が問いかけた。「どんな格好をしてた？　特に体形と髪型について聞きたい」

「体形と髪型？」

人差し指を、令名は自分の頬に当てた。

「……言われてみれば、千夏にしては背が低かったような気がするわね。あと、三つ編みをこまで垂らしてた」

言って、鎖骨《さこつ》のすぐ下あたりに手をかざす。

令と弘毅は顔を見合わせた。

「……なにか、まずいことでも言った？」

変な空気を察して、令名が呟《つぶや》く。

「いや、わけがわからんと思って。俺も今朝の登校中、千夏を見たんだよ」

弘毅が事情を説明した。

令、弘毅、令名の三名が、半年前に死んだはずの千夏らしき人物を見かけた。が、「千夏」の特徴《とくちょう》は、三件ともまったく異なる。

目撃《もくげき》例その一、令の場合。「千夏」はショートヘア、白い長袖シャツにミニスカートをはいていた。

目撃例その二、弘毅の場合。「千夏」はポニーテール、ノースリーブにズボンという出《い》で立ちだった。加えて、背が随分《ずいぶん》高いように見えた。

目撃例その三、令名の場合。「千夏」は髪型が三つ編み、かつ小柄《こがら》だった。

「おかしいでしょ」

至極《しごく》まっとうな感想を、令名は口にした。

「髪型が違うのも十分おかしいけど、身長が伸び縮みするのはあり得ない」

「あり得ない」令は同意した。「でもそもそも、千夏が町中を歩いている、って時点であり得ないからね」

「千夏、天国でファッションセンスに目覚めて、地上に戻ってきたのかしら」

冗談《じょうだん》めかして令名が言った。

「やめてくれ」弘毅は肩《かた》をすくめた。「そんなことができるなら、世の女の子がみんな自殺するだろうが」

「あはは……」

令は愛想《あいそ》程度に笑った。

（本当に、何が起きているんだろう）

現状の手持ちの情報では、推論の立てようがない。話があらぬ方向へ流れるのも当然だ。この不合理極《きわ》まりない現象に、合理的な説明があるとは思えなかった。


「いやー、令名の料理は相変わらずうまいなあ」

と言いながら、秋島晃一朗《こういちろう》は炊《た》き込み御飯《ごはん》をかきこんだ。

「ありがとうございます、お父さん」

令名は笑《え》みを浮《う》かべて、軽く一礼した。

「随分久しぶりだよね、みんなで一緒《いっしょ》に食べるのは」

令が言うと、晃一朗はガハハと笑った。

「一ヶ月ぶりかな。すまんなあ、仕事が忙しくて」

令と令名の父、晃一朗はペルセフォネ・アースという商社に勤めている。会社は花見州にあるのだが、出張が多いため、たびたび長期にわたって家を空ける。

「ま、これからしばらくは家にいられると思うがな。令名、これから食事は三人分作ってくれよ」

「お父さん、海外出張っていう割には、おみやげ買ってきてくれませんよね」

何気なく、令名が聞いた。

「だよね」令が同調する。「写真も撮《と》ってこないし。……まさか父さん、実は会社をリストラされてるんじゃ——」

「何を言うやら、娘《むすめ》に息子《むすこ》よ」

慌てて晃一朗は否定した。

「俺はちゃんと働いていて、給料ももらっている。なんなら通帳見るか？」

「いや、別にいいよ。冗談だって」

令は苦笑いを浮かべた。

「それより、聞きたいことがあるんですけど……」

本命の質問を、令名は投げつけた。

「深江さんちのことで」

「ん？　深江がどうかしたか？」

千夏の両親と、晃一朗は昔からの友人同士だったという。ともにペルセフォネ・アースに入り、今もそこで働き続けている。

「今はあいつら、二人揃って長期出張に出ているが」

「深江さんとこって、親戚《しんせき》、いるんですか？」

「親戚？」晃一朗は眉をひそめた。「親戚くらいいると思うが、それがどうした？」

「その……」令が話を続ける。「町中で、千夏にすごい良く似た人を見かけたんだ。だから、親戚の人が来たのかなー、と思って」

千夏の名前が出た途端《とたん》、晃一朗は深刻な顔をした。

「あ、いえ」咄嗟《とっさ》に令名が口を挟《はさ》んだ。「私も一緒に見たんですよ。千夏にそっくりな人」

そう説明すると、晃一朗の表情はやや和《やわ》らいだように見えた。実際の所、それぞれが見かけた「千夏」は別人と思われるのだが、そこまで説明すると混乱しそうなので、おいておく。

「ほお」

興味なさそうに、晃一朗は言った。

「他人の空似《そらに》じゃないのか？」

「そうかなあ」

令は食い下がろうとしたが、

「親戚だとしたら、アレだ。葬式《そうしき》の時に来ているはずだろ」

「あー……そうだよね」

晃一朗の指摘《してき》を受けて、納得《なっとく》の声を上げた。

半年前の千夏の葬式は、まだ記憶に新しい。だがその時の参列者の中に、「千夏」の姿はなかった。令の見た「千夏」も、令名の見た「千夏」も。

「ま……今はあまり、深く考えないことだ。おまえの千夏ちゃんへの気持ちはわかるがね」

晃一朗は、令の頭を撫《な》でた。

「大丈夫《だいじょうぶ》だよ」

令は頭を引っ込めた。

父が息子を心配する気持ちはよくわかる。それでも、今更《いまさら》考えるのを止めるのは無理だ。

普段《ふだん》、令は自転車で学校に通う。東花見州からスタートし、橋を渡《わた》って、北花見州を経由して中花見州の逢藍大付属花見州高校——通称逢花《おうか》高に向かうのだ。

だがこの日、令は電車を使って登校し、電車を使って下校した。

東花見州駅に降り立って、ホームの脇《わき》、トイレ入り口に目をやる。

あの日、「千夏」はトイレから出てきた。重要な事実なのかどうかわからないが、現状何の手がかりもない。どんな小さな事項《じこう》でも確認《かくにん》してみなければならない。

「とはいえ、さすがに女子トイレには入れないよね……お姉ちゃんを呼んでくれれば良かったかな」

やむなく、令は男子トイレに入った。

よく掃除《そうじ》された、きれいなトイレだった。何ら変わった点があるようには思えない。女子トイレならば小便器はないだろうが、大幅《おおはば》に構造が異なることはあるまい。

「う～ん。やっぱり無駄足《むだあし》かなあ」

無益なことをやっているのだろうか、と思いながら、個室に入る。

何の変哲《へんてつ》もない便座が待ちかまえていた。小さな窓は開け放たれ、涼《すず》しい風が流れ込んでくる。

少したなめらってから、令は便座に乗り、窓の外を眺めた。そして、

「…………？」

あることに気がついた。

窓の外から見えるのは、駅の西側に面する幹線道路だった。車道と歩道を分かつ植え込みがよく見える。

あの日、妙な気配を感じた植え込みだ。

「んん～？」

これは単なる偶然《ぐうぜん》だろうか？

いや、単なる偶然でないとしても、どういう意味が、関係性があるというのか。令が感じる「妙な気配」自体、何の意味があるのかわからないのだ。

それでも、令はもう一度植え込みのそばに行ってみることにした。

「…………」

前に感じた気配は、完全になくなっていた。

植え込みの中に手を突《つ》っ込み、かきわける。例のアサガオは既《すで》に枯《か》れ、つるも茶色に染まりつつあった。朽《く》ちるのは時間の問題だ。

それ以外のものは何もない。

令は頭をもたげた。少し向こう側に、駅のトイレの窓が見える。男子トイレと女子トイレ、双方《そうほう》の個室の窓が並んでいた。女子トイレ側でも、この位置は丸見えということだ。

「トイレ……気配……アサガオ……」

トイレの窓からアサガオが見える。

その事実は何を意味するのか。

長時間の熟慮《じゅくりょ》の末、令は結論を口にした。

「……わからない」

考えてもわからないことだらけだ。失望感を味わいながら、令はその場を立ち去ろうとしたが——

「……令君」

不意に呼び止められた。

令は足を止め、声の主を見やった。

「……加島さん？」

高校の先輩、加島だった。帰宅中なのだろう、制服を着ている。

（お姉ちゃんが、加島さんの告白を振《ふ》ったとか言ってたなあ）

令は逃《に》げたくなった。昨日の今日で顔を合わせるなんて、ばつが悪すぎる。

「あー……これは、どうも」

苦笑いを浮かべながら、令は適当に挨拶《あいさつ》した。

「今、一人だな？」

無表情のまま、加島は声をかけてきた。

「はあ……まあ」

曖昧《あいまい》に令は答える。

校内男前コンテストで準優勝した人物だけあって、結構な男前だ。だが今、加島は暗い表情を保っていた。生気に欠け、どこか陰《かげ》がある。

と、その口元だけが歪《ゆが》んだ。

「そりゃ、都合がいい」

「えーと、一体何の話でしょうね……」

嫌《いや》な予感が、令の胸の内に湧《わ》いてきた。

令名はしょっちゅう男子から告白を受け、そのことごとくを振っている。「難攻不落《なんこう》」で有名なので、令名を落とすにあたって搦《から》め手から攻《せ》めてくる連中もいる。つまり、弟の令から仲良くなって、それからステップアップを狙《ねら》うという方法だ。

令名はその辺によく鼻が利《き》く――というか、令を独《ひと》り占《じ》めしておかなければ気の済まない人間なので、搦め手からの攻めはむしろ令名を怒《いか》らせる結果になるのだが。

(加島さんもその手に出るのか)

今すぐ逃げたかった。偽《にせ》の友情を押しつけられるだけならともかく、令名の怒《おこ》る姿は見たくない。

「いえ、あの、僕を踏《ふ》み台にしてお姉ちゃんに近づこうとしても、無駄《むだ》ですよ?」

令は忠告した。

加島は首を横に振った。

「違うね。俺のターゲットはおまえだよ」

そして、令に向かって一歩を踏み出した。

「は?」

令は耳を疑った。

「ちょ……待って下さいよ! いくら顔が一緒だからって、僕にはそのケは……!」

慌てて逃げようとすると、

「逃がすものか」

突然、地面が光った。

「え……!?」

予想外の事態に、思わず令の足が止まる。

気配。

例の「気配」が、加島のそばで爆発《ばくはつ》的に広がった。

それは目に見えない変化だったが、目に見える変化もあった。

光の輪が現れていた。地面に、加島を囲む光の輪が出現し、回転を始める。

輪の直径は一メートルほど、輪そのものの太さは十センチ程度。そんな輪が、加速するほどに地面から浮いていく。

「一体、何が……!?」

令ははっきりと感じ取っていた。「気配」は光輪の内側から流れ込み、あふれ出している。蛇口《じゃぐち》から出る水のように。

光輪はどんどんせり上がっていく。そのまま空へ飛んでいくのか、とも思われたが、加島の頭を越《こ》えると急にすぼまり、頭上あたりで静止した。

さながら、天使の輪のようだった。

「フフ……」

加島が含《ふく》み笑いを漏《も》らした。天使とは思えない、邪悪《じゃあく》な笑いを。

途端、光輪が閃光《せんこう》を炸裂《さくれつ》させた。

「ううっ」

手をかざして令は目を守る。

腕《うで》を下ろしながら、恐《おそ》る恐る目を開けると――

「……えええッ!?」

周囲の光景が一変していた。

場所は東花見州駅の西側、幹線道路沿い。変わってはいない。変わったのは、世界の色だった。

日の光に照らされていたはずの大地が、黄色に染まっている。

突如《とつじょ》として日没《にちぼつ》寸前になったかのようだった。令は空を振り仰いだ――が、赤く黄色い天球に、光源らしきものはない。太陽も星も月も、何もない。空と雲自体が、終末の光を放っているように思えた。

「な……何が起きてるの!?」

わけのわからない事態に、令は立ちすくむより他《ほか》なかった。

「ここはスティクスの岸辺……」

加島の声。見やると、いつの間にやら、加島の足下《あしもと》に三匹《びき》の猟犬《りょうけん》がいた。

三匹とも、かなりでかい。ピンと立った両耳は、加島の腰《こし》と同じ高さだ。ぱくりと裂《さ》けた口の奥には、鋭《するど》い牙《きば》の列が見える。ドーベルマンの類《たぐい》か、と一瞬《いっしゅん》令は思ったが、そうでもない。見たことのない犬種だ。

額の部分に、白い十字が輝《かがや》いている。

猟犬の毛の模様ではない。白い十字は、犬の表面からわずかに浮いていた。加島の頭上の光輪とは別種の代物《しろもの》のようだった。光輪に比して、「気配」があまりに弱すぎる。

「落ち着けよ、令」

三匹の猟犬を従えながら、加島は語りかけてきた。

「黙って俺についてくるんだ。この犬どもとじゃれ合いたくなかったらな」

「はあ⁉」

あやうく令は悲鳴を上げるところだった。あんな猟犬を放たれたら、ものの数秒で噛《か》み裂かれるに決まっている。

「こんな真っ昼間から、何言ってるの……⁉」

周囲の人に助けを乞《こ》おうとしたが——その時初めて、令は気がついた。

「……って、誰《だれ》もいない⁉」

必死に右、左、右と見渡《みわた》した。けれども人っ子一人見あたらない。この時間なら通行人がいないはずがないのに、周囲はまるで深夜の街角のように静まりかえっていた。

「言っただろ、ここはスティクスの岸辺だと」

加島は冷静な声を投げかけてくる。

「悠久《ゆうきゅう》なるスティクスの流れを知らぬ者は、天使《カロン》の許可がない限り、岸辺に足を踏み入れることすらできない」

じりじりと、加島は令に近づいてくる。合わせて、猟犬たちもじりじりと寄ってくる。よく統制された動きだ。加島が号令をかければ、一瞬で令を引きずり倒《たお》すことだろう。それがわかるだけに、令は逃げ出すこともできなかった。

「何が目的なんですか！」

勇気を振り絞《しぼ》り、令は問いかけた。

「僕を捕《つか》まえて何をしようって言うんですか⁉　お姉ちゃんを振り向かせようとしても逆効果ですよ⁉」

「そんな問題じゃない。さっき言っただろ」

加島は冷たく言い捨てた。

気圧《けお》されて、令の足は自然と後退する。

「フフ」

加島はそれを見とがめた。

「逃げられると思うなら、逃げてみろ」

人差し指を伸《の》ばして、空中に十字を切る。指の軌道《きどう》が白い線を引き、宙に十字が浮かんだ。

猟犬の額に浮いているのと、まったく同種だ。

加島が軽く押してやると、十字は令目がけて飛んできた。

「……………あぐっ！」

令は横に避《さ》けようとして——足がもつれた。煉瓦《れんが》の舗道《ほどう》に両手をついて、無様に転倒《てんとう》する。

そのすぐ頭上を、十字は通り抜《ぬ》けていった。直進軌道を変えることなく十字は飛んでいき、しばらく進んだところで不意に消滅《しょうめつ》する。

格好は悪いが、直撃《ちょくげき》を逃《のが》れることはできた。

（あの十字を食《く》らったら、ろくでもないことになりそうな気がする）

しかし、咄嗟《とっさ》の判断を自賛する暇《ひま》はなかった。

加島の足下の猟犬が、令目がけて動き始めた。その足は意外に遅《おそ》く、鈍重《どんじゅう》だ。それでも、令を噛み裂こうとする意志がはっきり見て取れた。

「……うわああ！　くそッ」

ばたばたと令は身を起こし、逃げ出した。

幹線道路の歩道沿いを、ひたすらに駆《か》け抜ける。どこまで行っても、人の姿はない。死んだような光が落ちる世界に、動くものは何一つ無かった。車道を走っているはずの車は、すべて道のど真ん中で静止している。運転席にも運転者の姿はない。

る。

（少なくとも、轢《ひ》かれる心配は無さそうだ）

令は車道に飛び出した。車と車の間を縫《ぬ》って、加島の視線を惑《まど》わせるようにジグザグに逃げる。

犬たちの足は遅いが、体力はありあまっているようだ。令の背中をじっと見つめながら走ってくる。速度がゆるむ気配はない。

車道を通り抜け、歩道を横切る。ふと気づくと、令は公園に飛び込んでいた。もちろん無人、令に助けの手を差し伸べてくれる者はいない。

何の成算もなく、令は反対側の公園出口へ向かおうとした。だが視線を振り向けたちょうどその瞬間《しゅんかん》、額に十字の輝きを持つ猟犬がその出口から飛び込んできた。

「先回り!?」

急ブレーキをかけて、令は来た道を振り返った。見れば、追跡《ついせき》してくる猟犬の数は二頭に減っている。一頭だけ先回りをして、令を追いつめにかかったのだ。

肩で息をしながら、令は手を膝《ひざ》についた。全力疾走《しっそう》は、令の体力を大幅に奪《うば》っていた。動けないでいるうちに、三匹の猟犬は令の周囲を囲い込む。

「やっぱり、逃げられなかっただろ」

少し遅《おく》れて、加島が追いついてきた。

「だから、黙《だま》ってついてこいと言ったんだ」

猟犬の後方で足を止めると、宙に十字を切った。

「こいつを受け入れてくれ」加島は言った。「そうすれば、君は俺の命令に従うようになる。俺の使い魔《ま》になるんだ」

す、と指で十字を押すと、十字は令目がけて飛んできた。

「……………！」

何も考えず、令は本能的に十字を避けた――というか、その場に倒れ込んだ。目標を失った十字は、はるか後方の立木にぶつかって霧消《むしよう》する。

「……そうか」

初めて、加島は不快そうな表情を見せた。

「そんなに、猟犬どもと遊びたいのか……！」

その言葉と同時に、猟犬が一頭動いた。令を押さえ込むべく、地を蹴《け》って飛びかかる。

恐怖《きようふ》のあまり、令は声も出せなかった。ただ、顔を両腕《りよううで》でかばうのが精一杯《せいいつぱい》だった――

が。

「ギャウン！」

悲鳴とともに、猟犬の空飛ぶ軌道が変化した。

見えない手に叩《たた》き落とされたかのように、猟犬は地に這《は》った。

「な……」

令は目を見はった。

地面に這った猟犬は、自分の額を前足でかきむしるような仕草を見せた。

次の瞬間、犬の額から芽が生えてきた。

「えええ!?」

芽はすごい勢いで芽吹《めぶ》き、葉とつるを伸ばし始めた。さながら、植物の生長を早回しで眺めているかのようだった。

苦しいのか、猟犬はのたうち回りながら、つるをかきむしった。しかしつるは思いの外頑丈《がんじょう》で、少々のささくれは生まれても、もぎ取られるまでには至らない。それどころかどんどんつるを伸ばし、特徴的《とくちょう》な葉を広げていく。

「……アサガオ?」

その葉が、植え込みのアサガオに酷似《こくじ》していることに、令は気づいた。

猟犬の身体《からだ》は、みるみるうちに衰弱《すいじゃく》していく。それと対照的に、アサガオは生長していく。つるの先につぼみが生まれ、みるみる大きくなり——ついに、赤いアサガオの花を咲《さ》かせた。

と同時に、猟犬は抵抗《ていこう》をやめ、力尽《ちからつ》きた。アサガオの生気吸い上げはやむことなく、やがて猟犬の身体は干《ひ》からびていった。

「……もう来たか!」

焦《あせ》りの声を、加島は立木の陰から上げた。

猟犬が「攻撃《こうげき》」を食《く》らった瞬間に、加島は素早《すばや》く身を隠《かく》していた。その姿は、狙撃《そげき》を恐れる兵士の行動を思わせる。

（猟犬は、遠距離《えんきょり》から銃撃《じゅうげき》されたのか……？）

もっとも、その後の経緯《けいい》が謎《なぞ》すぎる。なんで着弾《ちゃくだん》点からいきなり食人植物のようなアサガオが生えたのか？

加島の視線は空に向かっていた。いや、正確には、すぐそばの四階建てビルの屋上だ。

そこに、「千夏」がいた。

「千夏……！」

駅で偶然出くわしたあの千夏、白い長袖《ながそで》のシャツを着た千夏が、令と加島のいる地上を睥睨《へいげい》していた。

ただ、あの日の姿と異なる点が二つある。

一つは加島と同様、頭上に天使の輪を浮《う》かべていること。彼女も例の「気配」に包まれている。

もう一つは、ライフルのようなものを担《かつ》いでいること。

「千夏」はライフルを構え直すと、引き金を引いた。低い射撃音が響《ひび》いて――同時に、猟犬が跳《は》ね上がった。

空中に吹《ふ》き飛ばされている間に、猟犬の身体――着弾したあたりから、またもアサガオが生えてきた。どちゃり、と猟犬が地面に落ちると同時に、アサガオのつるは地面を這って、もう一匹《ぴき》の猟犬を捕《と》らえにかかった。

素早く反応して、猟犬はつるの動きから逃げた。だが直後、またも低い発砲音《はっぽう》が響いて、猟犬の肩口《かたぐち》が弾《はじ》けた。

(猟犬がつるから逃げるのを計算に入れて、撃《う》ったのか)

令が感心している間に、二匹目の猟犬も生気を吸われ、干からびていく。

ほとんど間を置かず、次の発砲音が響いた。直後、地面が土煙《つちけむり》を上げる。加島を狙ったにしては大きく離《はな》れている。そもそも加島は木陰《こかげ》に入っているので直接には狙えない。

だが、着弾点から生えたアサガオは、すごい勢いで伸びて、加島に迫《せま》り始めた。

「くッ！」

加島は転がって、反対方向に逃げた。低い姿勢で、植え込みの陰に潜《もぐ》り込む。

またもや発射音。「千夏」は植え込みを気にせず撃ち抜いた。しばしの間の後、植え込みの内側からアサガオのつるが伸びてくる。

が、その時には加島は公園の外へと逃げていた。

公園は、一時的な静寂《せいじゃく》に包まれた。

「……助かった……のかな……?」

令は胸をなで下ろしかけた——が。

直後、別の影《かげ》が公園に侵入《しんにゅう》してきた。

熊《くま》だった。

「なにィィ――ッ!?」

身長三メートルはありそうな巨大《きょだい》熊だった。これもまた地上には存在しない種の熊だが、動転した令にそれを見分けるだけの余裕《よゆう》はない。

例によって額には白い十字が輝いている。そんな熊が二足歩行で、令目がけて迫ってきた。

「なんの冗談《じょうだん》だぁぁ!?」

慌《あわ》てて令は逃げ出した。

射撃音が響いて、熊の巨体が傾《かし》いだ。直後、肩口からアサガオのつるが伸び始める。アサガオが熊の生命力を奪い去る、と思えたが――

「ムキィィ――ッ」

熊の背中から、突然《とつぜん》サルが飛び出した。サルは両手を使って素早くつるをまとめると、力一杯《ちからいっぱい》引っ張った。ブチブチと音がして熊の皮膚《ひふ》が剝《は》がれ、一緒《いっしょ》にアサガオも抜ける。

熊は何事も無かったかのように、また令を追い始めた。

「うわぁぁ――! なんなのもう!?」

次から次へと起こる常識の埒外《らちがい》の現象に、令の理性はほとんど麻痺《まひ》しかけていた。しかし異常事態はまだ終わってはいなかった。

突然、令と熊の間に人影が一つ割り込むと、

「はァァ――ッ!!」

熊に正拳突《せいけんづ》きをぶちかました。

みぞおちあたりへの一撃《いちげき》に熊はくぐもった声を漏らし、身体を折りかけた。それでも丸太のような腕を振り上げ、逆襲《ぎゃくしゅう》に出る。

鋭い爪《つめ》の反撃を受けて引き裂かれる、と思いきや――

「はッ!」

人影――女性は右腕をはね上げた。すると熊の腕は、まるで鋼鉄の棒でも叩いたかのようにはじき返された。熊の身体が浮きかけたところに、

「ハイ!」

女性は前蹴りを叩き込んだ。熊の巨体がぐらりと揺《ゆ》れて、轟音《ごうおん》を立てながら仰向《あおむ》けに倒れる。

熊から視線を外し、女性は令に声をかけてきた。

「令、大丈夫《だいじょうぶ》!?」

令は答えることができなかった。というのも、

「……千夏!?」

この女性も、千夏にそっくりだったからである。

ビルの屋上にいた「千夏」とは違《ちが》う。ノースリーブに身体の線がはっきりと出たズボンを着

用していた。身長もやや高い。

(弘毅が言っていた「千夏」か?)

何が起きているのか、さっぱりわからない。ただ今は、彼女に守ってもらうより他《ほか》にない。

「……熊が!」

前方を指さし、令は叫《さけ》んだ。

自失状態から立ち直った熊が、上体を起こそうとしていた。

その声に「千夏」は振り向き、構え直そうとする。

だが、空から降り注いだ「銃弾《じゅうだん》」が、熊を地面に縫いつけた。今度は胸の真ん中に着弾し、そこからアサガオのつるが伸びていく。

「ムキキ――ッ」

熊の下敷《したじ》きになるのを避けたサルが、再びつるを根こそぎもぎとろうとする。

しかし一瞬早く、「千夏」が拳《こぶし》をサルに向けていた。

「必殺! ナックルランチャァア――ッ!!」

かけ声を放つと――「千夏」の右肘《みぎひじ》が爆発した。

次の瞬間、右肘から下だけが発射され、固めた拳がサルに突き刺《さ》さっていた。

サルの身体は軽く吹き飛び、地面に叩きつけられた。

右腕はサルを追いかけて宙を泳いだ。追いつくと、首根っこを捕まえて空高く持ち上げる。

一拍《いっぱく》おいてから「銃弾」が発射された。空中でアサガオのつるが咲き乱れ、すぐにサルは抵抗をやめる。

地上では、熊の巨体がアサガオのつるに包まれていた。右手はそこにサルを投げ捨て、「千夏」の元に戻《もど》っていった。

「…………」

令は呆然《ぼうぜん》とするしかなかった。

「ぬぐお——ッ!?」

不意に、公園の外側で、加島の悲鳴が聞こえた。

直後、公園出口から加島が転げるように戻ってきた。

一体何のつもりだ、と令が身構えかけた次の瞬間、人の群れが怒濤《どとう》のようになだれ込んできた。

「おおおお!?」

思わず令も悲鳴を上げた。その人の群れは、青い炎《ほのお》に包まれていたからだ。

いや——正しくは、「炎に包まれている」のではない。

人の群れそのものが、炎のように揺れている。

よく見れば、人ですらない。その炎の中には無数の頭、腕、足がある——が、身体の輪郭《りんかく》がはっきりしない。まるで悪霊《あくりょう》の類《たぐい》がひとかたまりになって行動しているかのようだった。

悪霊の群れの内側に一人だけ、はっきりと人間と呼べそうな人影があった。

（あの子が、悪霊の群れを導いているのか？）

令は直感した。その人物の頭上にも、光輪が輝いていた。

その少女――低い身長、華奢《きゃしゃ》な体つきはいかにも少女と見えた――の表情は、うかがい知れない。白い面をかぶっている。病人を想起させる、不健康な感じのする面を。

「うぬうう！　くそッ！」

加島は尻《しり》もちをついた体勢のまま、悪霊に蹴りを放つ。足の裏は悪霊を捉《とら》えた――が、悪霊は痛くもかゆくもないようだ。そのまま前進し、逆に加島を踏み潰《つぶ》そうとする。

「なんなんだッ！　こいつらはッ！」

地を這って逃《に》げながら、悪態をつく加島。

「怨霊《おんりょう》よ」

白い面の少女が、声を放った。手を顔に当て、面をそっとずらす。下から出てきたのは――

「この地で、病に倒れて現世を去った人々の無念の集まりさな。怨念を晴らすため、一暴れしてもらっておる」

やはり、「千夏」だった。胸のあたりまでのびる三つ編みを二本垂らしている。おそらく、令名の目撃《もくげき》した「千夏」なのだろう。

いつの間にか、ビルの屋上にいた「千夏」が公園に降りてきていた。銃口を加島に向けながら、慎重《しんちょう》に近づいてくる。

ノースリーブの「千夏」は、大きく旋回《せんかい》して戻ってきた右腕を捕まえて、肘《ひじ》にはめた。具合を確かめながら、加島に注意の視線を送る。

白面の「千夏」は、怨霊の群れの内側から、加島を見下ろしていた。

三人の「千夏」が、令の眼前に勢揃《せいぞろ》いしていた。

「君達は……一体何者なんだ？」

令は恐る恐る質問した。

反応して、三人の「千夏」は同時に令を見やった。

「僕はセンカ」

代表して、ライフルを担《かつ》いだ「千夏」が答えた。

「こっちもセンカ、あっちもセンカだよ……僕達は、君を守るためにこの世界にやって来た」

ごく真剣《しんけん》な顔つきで、「千夏」は言い切った。

そして、小さな微笑《ほほえ》みを浮かべた——幼なじみとの再会を喜ぶ少女のように。

2 冥河光輪の姉妹たち
スティクス・ハイロウ・シスターズ

「とはいえ、細かい説明はあと。さしあたり、こいつを確保する」

そう言って、ライフルを担いだ千夏は加島に視線を戻した。

「ぬぐうぅっ」

加島は、怒《いか》りと苦しみとが入り交じった表情で、千夏達を睨《にら》みつけていた。睨みつつ、逃亡《とうぼう》の隙《すき》を窺《うかが》っている——のだが、なにやら手足がまともに動かない風だ。四つんばいで退こうとするが、肘がかくりと折れて、地に伏《ふ》せる。

「おのれ……何をした……!?」

自分の手足の不調が信じられない様子で、加島は白面の千夏を見上げた。

「何も」白面の千夏は答えた。「怨霊に触《ふ》れられて、生気を奪われたのであろ。奪われすぎると、死に至る」

不意に、周囲を取り囲んでいた怨霊の群れが消え去った。まるで、燃えさかっていた炎が突《とつ》然鎮火《ぜんちんか》したかのようだった。

「だが、此度《こたび》はおぬしを殺すつもりはない。我らが捕虜《ほりょ》となってもらおうか」
ニ、と白面の千夏は邪悪《じゃあく》な笑《え》みを浮かべた。
(見たことのない笑い方だ)

違和感《いわかん》を、令は感じた。知っている顔が知らない風に歪《ゆが》む。これほど奇妙《きみょう》なことはなかった。見た目は千夏だが、中には別の人間の魂《たましい》が入っている——そんな風に思える。

「くそッ!」

苦し紛《まぎ》れに、加島は手を伸ばした。人差し指で、宙に十字を描《えが》こうと試みる。

「やらすかッ」

ノースリーブの千夏が動いた。

蛇《へび》のように右腕を伸ばし、十字が完成するより一瞬早く、加島の首根っこを捕まえる。

まずい、と加島が目を剝《む》き、身をねじろうとした瞬間、

「はッ」

気合いの声とともに、バチンという炸裂《さくれつ》音が轟《とどろ》いた。

びくびくと激しく痙攣《けいれん》した後、加島はがっくりと崩《くず》れ落ちた。千夏が手を離すと、無様に顔面から地面に突《つ》っ込む。同時に、加島の頭上にあった天使の輪が消えた。

「……電撃《でんげき》?」

控《ひか》え目に、令は推測を述べた。

「その通り」

ノースリーブの千夏はそう答えて、加島の身体を担ぎ上げた。

「こいつを気絶させたのさ。電気ショックでね」

蚊《か》を叩き潰したような気軽さで言う。

「はあ……」

令は生返事を返すしかなかった。

ノースリーブの千夏は、三人の中で一番常識的な格好をしているように見える。しかし手から電撃を出してみたり、細身でありながら加島を軽々と持ち上げてみたり、とその身に秘《ひ》められた能力は他《ほか》の二人に負けず劣《おと》らず常識外れのようだ。そもそも、常人が右腕をぶっ放すなんて真似《まね》ができるはずがない。

「戻ろう」

ライフル持ちの千夏の声をきっかけに、三人の頭上の天使の輪が降り始めた。それぞれの身体を包む程度に広がりつつ下がっていき、最後には地面に接触《せっしょく》して、消える。

三つの輪が消え去ると同時に、周囲の光景が一変した。暗い空に光が満ち、まばゆい青空が頭上に広がる。

「……えーと、もとに戻ったのかな」

「そうよ」

ライフルを担《かつ》いだ千夏は答えた。

「いや待った」令が素早《すばや》く言った。「ライフルが無くなっている」

巨大《きょだい》なライフルが、いつの間にやら千夏の手の内から消えていた。

けれども千夏の表情に変化はなかった。

「ハイロウの内側にしまったから」

千夏はそう答え、顔を白面の千夏に向ける。

「……うおお」

令は驚《おどろ》きの声を上げた。

白面の千夏の変化は、それどころではなかった。着物を改造したような不思議な服はどこへやら、今はごく普通《ふつう》の半袖《はんそで》シャツとズボンを着用している。そこらで遊んでいるお子様のような風体《ふうてい》になっていた。

「ム」白面の千夏は不快そうに眉《まゆ》をひそめた。「何か問題でもあるのか、儂《わし》の格好に」

「いやいや、別に問題ないですよ？」

令は慌てて答えた。

三人の千夏が、令の目の前に並んでいた。三人とも千夏だ――が、三人とも微妙《びみょう》に異なる。

白面を持っていた千夏はやや身体が小さく、千夏の妹くらいのようにも見えた。一方でノースリーブの千夏は背も高く見事なモデル体形。千夏がまっとうに成長していったとしても、ここまでの身体になりえたかどうか。

ライフルを担いでいた千夏が、もっとも千夏に似ているように思える。記憶《きおく》の中の千夏とうり二つだ。

「でも……みんな、千夏なのか」

令が問いかけると、

「ええ」

「うん」

「ああ」

三人が同時に答えた。

令は頭をかいた。色々と質問したいことはあるが、まず何よりも先に聞いておかなければならないことがある。

「えーと、君達をそれぞれどう呼べばいいのかな」

その質問を想定していたらしく、ライフルを担いでいた千夏は軽く手を挙げた。

「僕のことは、カラミィと呼んで。本名はセンカ・ザ・カラミティ」

次に、ノースリーブの千夏が手を挙げる。

「あたしはエラト・ジュリエル・センカ。センジュと呼んでね」

言って、一つウィンクする。

「儂の名は真名大塔千夏《しんみようのだいとうせんか》」

低い声で、白面の千夏は名を名乗った。カラミィとセンジュを指さし、

「二人からはマナと呼ばれている」

あまり本意では無さそうな言い方をする。

「わかった。カラミィ、センジュ、マナ……と」

一人一人に視線を振《ふ》り向けながら、令は確認《かくにん》した。

「あ、僕は――」

自分が自己紹介《しようかい》していないことに気づいて、令は名乗ろうとしたが、

「逢藍大学付属花見州高校二年、秋島令。知っている」

カラミィが先に言った。

「こうして顔を合わせた以上、僕達の立場を明らかにする必要がある。でも、この場はふさわしくない」

「こいつの片づけもあるしね」

センジュが担いだ加島を軽く揺らした。

「はあ」令は答えた。「でも、どこに行くの」

「深江家に決まっておろ」

マナが言った。

「へ……」

目を丸くした令を尻目《しりめ》に、三人は移動を始めた。

「待ってよ。その……」

令は何か言って引き留めようとしたが、

「大丈夫。深江家の鍵《かぎ》は預かっている」

カラミィが静かな声で答えた。

「……はあ」

ついて行くよりなかった。

カラミィの取り出した鍵は、何の問題もなく深江家の扉《とびら》を開けた。

「あとで来てほしい。センジュが戻ってくるまで少し時間がある」

とカラミィは言った。

センジュは途中《とちゅう》で別れ、加島を担いだままどこかへ行ってしまった。女性が気絶した男を担いで歩く姿はこの上なく目立つんじゃ、と令は思ったが、どうやらこの千夏達に自分の常識は通用しないらしいので、黙《だま》っておいた。

「儂らも湯浴《ゆあ》みをしたいしの」マナも言った。「それでは、またあとで」

二人は深江家に消えていった。

「じゃあ、またあとで」

言われた通りにせざるを得ない。令も自宅に戻った。

「お帰りー」

令名は既《すで》に帰宅していて、いつも通りに夕食を作っていた。

（日常に戻ってきたなあ）

令は感慨《かんがい》を覚えた。ついさっきまでドえらい非日常のさなかにいただけに、この何気ない光景がひどく大事なもののように思われた。

リビングのソファに腰《こし》を下ろして、そばにカバンを下ろす。

（それにしても、さっきの一連の出来事はなんだったのか）

大きな疑問が、令の胸を占《し》めていた。だが、考えたところで結論を得られるはずがない。思《し》索《さく》はすぐに堂々巡《どうどうめぐ》りに陥《おちい》る。

ひどく疲《つか》れていたせいで、令は船をこぎ始めた。

「――はっ」

身体が揺れて、不意に目を覚ます。

すぐ隣《となり》に、エプロン姿の令名が座っていた。ソファが沈《しず》んだせいで令の身体が揺れたらしい。

「あれ。もう夕食？」

令の問いに令名は首を横に振って、

「ううん――」

すんすん、と匂《にお》いをかいだ。

直後、令名の顔に暗雲が宿る。

「令君――」

びくりと令は身を震《ふる》わせた。

「女の子の匂いがするんだけど、一体どういうことかなあ？」

しまった、と令は後悔《こうかい》の念にかられたが、もう遅《おそ》い。

令名は異常に鼻が利《き》く。一度でも誰《だれ》か他《ほか》の女の子が令に物理的接触をしていると、間違《まちが》いなくかぎ分ける。そしてその事実を、令が大好きで仕方がない令名が快く思うわけがない。

普段《ふだん》は速攻《そっこう》でシャワーを浴びることで匂いを消すのだが、今日ばかりはさっきの出来事に気を取られ、完全に忘れていた。

「それは、別に――」

令はソファから離《はな》れようとしたが、

「ねえ令君」

ひょいと令名の手が動き、ごく自然に令の両手首を捕《つか》まえた。くいっと下に引っ張られると、令の腰はソファに縫《ぬ》いつけられる。

「よその女には近づくなっていつも言ってるでしょ？」

ニコニコと笑《え》みを浮《う》かべて、令名は顔を近づける。その笑顔が、令にはひたすらに恐《おそ》ろしい。

しかしそれにしても、一体どう言い抜《ぬ》ければいいのか。「千夏に会ってた」という事実を伝えるわけにもいかない。そもそもあの千夏達が一体何者なのか、まだ令自身がわかっていないというのに——

「誰に会ってたのか、教えなさい」

しかし令名は聞いてくる。

「それはその……あはははは」

愛想《あいそ》笑いで誤魔化《ごまか》しながら、令はコンロに目をやった。だが、本日の夕食は刺身《さしみ》らしい。都合良く焦《こ》げかけている鍋《なべ》は、なかった。

「言いたくないんなら、それで構わないけど——」

令名はさらに顔を寄せて、くんかくんかとかぎ始めた。

「ちょっと！　待ってよ!?」

令は令名を引きはがそうとした。以前にもこんなことをやって、実際に相手を当てたことがある。令のすぐ隣の席に座るクラスメイトの女の子で、授業中にシャープペンシルの芯《しん》が切れたから、数本芯を差し上げたのだ。

その後、令名はその女の子に会いに行ったらしい。

「あの子にシャープペンシルの芯をプレゼントしただけよ？」

その目的を令が問うと、令名はそう答えた。だが、それだけとは思えなかった。というのも、その日から女の子は必要以上の口を利いてくれなくなったのである。

二人の間に何があったのか、それはわからない。というか、令には知る勇気がない。とにかく、令名の鼻は異常に利くということなのだが――

「………!?」

不意に、令名の表情が変わった。

「これって……」

戸惑《とまど》いの視線で、令を見つめる。

(まさか、千夏の匂いをかぎ分けたのか)

令は直感した。令名は生前の千夏の匂いを知っている。あの三人、見た目のみならず匂いまで千夏と同じなのか？

「どういうこと？　令君。この匂い……」

「えー、その、……」

どう答えたものかと迷ったちょうどその時、天の助けが降ってきた。

来訪者を告げるチャイムが鳴り響《ひび》いたのである。

「お姉ちゃん、お客だよ！　出なきゃ！」

令名は玄関《げんかん》の方を振り向いた。一つ息を吐《は》き出して、

「……そうね」

令から離れた。歩いて玄関へと向かっていく。

今の隙にシャワー浴びなきゃ、と令は服を脱《ぬ》ぎ始めた。さっさと匂いを落とし、「千夏の匂いだなんて気のせいじゃない？」と主張するのだ。

が、シャツを脱ぎかけているところで、あることに気づいた。

「もしかして……チャイム鳴らしたの千夏じゃ……」

よく見れば、時計の針が予想外に進んでいる。意識を失ったのは一瞬《いっしゅん》のことと思っていたが、そうでもなかったようだ。

ならば、千夏達がしびれを切らした可能性が――

「まずッ」

脱ぎかけの格好のままで、令は弾《はじ》けるように飛び出した。大股《おおまた》で跳《は》ね、玄関に突撃《とつげき》する。

だが、時既に遅く――間口を挟《はさ》んで、カラミィと令名は相対していた。

千夏そっくりの姿と対峙《たいじ》して、令名はぽかんと口を開けていた。

それに対して、カラミィは――

「こんにちは。深江カラミティと言います」

あたかも引《ひ》っ越してきた隣人《りんじん》のように、自己紹介した。

「千夏のいとこにあたる者で、本日からお隣でお世話になります……」

ほとんど表情を変えずにカラミィは言い切ったが、

「……………千夏」

令名の顔は蒼白《そうはく》になっていた。いきなり腕《うで》を伸《の》ばしてカラミィの肩《かた》を捕まえると、

「千夏でしょ⁉　どうしてこんなところにいるの⁉」

思い切り揺《ゆ》さぶり始めた。

「ちょ、ちょっと」

さすがにこの反応はカラミィにとっても予想外だったらしい。

「いやだから、千夏のいとこだと、――」

「嘘《うそ》！　だって――」

令名はカラミィの胸元《むなもと》に顔を埋《う》め、匂いを嗅《か》いだ。

「千夏とほぼ違《ちが》わない匂いがするもの。どんなに近しい人間だって、ここまでは似ないのに――

――」

とまで言って、令名ははっと息を呑《の》み、令を振り返る。

「令君、何か知ってるんでしょ」

「ななんのことかなあ」

令の舌はもつれた。怪《あや》しいと見て、令名は追い込みをかける。

「だったらなんで令君の身体《からだ》から千夏の匂いがしたの⁉　令君が何も知らないなら、そんな匂

いするわけないじゃない」

「それは、——」

令は答えに窮《きゅう》してしまった。

状況《じょうきょう》を読み切れず、カラミィも沈黙《ちんもく》を保ち続けている。

落胆《らくたん》の表情を、令名は隠《かく》そうとしなかった。

「どういうことなの」

す、と腕を伸ばしてカラミィの手を優《やさ》しく摑《つか》む。

「千夏が生きていてくれたんなら、私もうれしいけど……でも私、千夏の火葬《かそう》に立ち会ったのよ？　あれはよくできた人形だったとでもいうの？」

その言葉に、令は全身に痛みが走るような感覚を覚えた。千夏の葬儀《そうぎ》のことは、今でも思い出したくないことの一つだ。棺《ひつぎ》の中で目蓋《まぶた》を閉《と》ざし、色とりどりの花々に囲まれた千夏を、令は号泣《ごうきゅう》しながら見送った。大切な儀式だとはいえ、あればかりは二度と体験したくない。

もっとも、令名の発言の要点はそこではない。あの日、千夏は茶毘《だび》に付されたはず、ということだ。

「とにかく、落ち着いて」

令は令名をなだめにかかった。

「その、僕もまだよくわかっていないんだ。今から彼女に説明を受けようと——」

言いながらカラミィに視線を投げる。

と、そのカラミィがすっと一歩引いた。あれ、と思った次の瞬間《しゅんかん》、

「ただいま、二人とも！」

「父さん！」

秋島晃一朗が大声で帰宅の挨拶《あいさつ》を投げてきた。が、玄関の様子を見て、顔に不審《ふしん》の色を灯《とも》す。

（なんてタイミングだ……）

令の心の中でさまざまな思惑《おもわく》が駆《か》けめぐった。一体何から説明すればいいのか――

しかし、令の焦《あせ》りは杞憂《きゆう》に終わった。晃一朗はカラミィを見ると、

「やあカラミィ。うちに来てたのか」

隣人に挨拶するかのような調子で語りかけた。

「いえ。今からうちに来るよう、呼びに来たところ」

カラミィもごく平然と、言葉を返した。

「なるほど……」

晃一朗は顎《あご》に手を当て、わずかに考え込んだ。

「ということは、まだ何も知らないんだな。それで混乱している最中か」

納得《なっとく》できた、とでも言いたげに二つ頷《うなず》く。

父の言葉の意味をじっくり吟味《ぎんみ》した後、令は問いかけた。

「……父さん、カラミィのこと、知ってるの」

「ああ」

ことともなげに、晃一朗は答えた。

「というか、仕事上のパートナーだからな」

「パートナー……？」

令名がその言葉を繰《く》り返すと、

「まあ、そういうこと」

カラミィが答えた。

「……あれ、何やってんスか」

さらに、センジュまでもが姿を現した。

「予期されていた混乱というやつさ。ガハハハ」

晃一朗は豪快《ごうかい》に笑ってみせた。

が、令名としてはそれでは済まない。二人目の千夏の姿にまたもや目をぱちくりさせると、

「……ちょっと、ごめんなさい」

鼻をよせて、匂いを嗅いだ。

「同じ匂い……？」

自信なさそうに言って、さらに顔を寄せる。

「いや、わずかに違う匂いもするけど……でも、千夏の匂いはする……」

顔を離し、センジュと真っ向から向かい合うと、

「あなたも、一体誰《だれ》なの」

困惑《こんわく》きわまった表情で問いかけた。

「わかりやすく言うと」

令が助け船を出した。まずカラミィを指さし、

「こちらが、僕の見かけた千夏で——」

それからセンジュを指さす。

「こちらは弘毅が見かけた千夏。ちなみに、お姉ちゃんの見かけた千夏はそっちにいるよ」

最後に、深江家のドアを指さした。

「…………」

とはいえ、令の説明をすんなりと受け入れられるはずもなかった。鳩《はと》が豆鉄砲《まめでっぽう》を食ったような顔で、令名は黙り込む。

「信じられないのも無理はない」

晃一朗が発言した。

「おまえらにとっては、死んだ千夏ちゃんが戻《もど》ってきたようなものだからな」

「お父さんは……」

グギギ、と古いブリキの人形のごとく、令名はぎこちなく首を回した。

「このこと、知っていたんですか……」

「実は、しばらく前からな」晃一朗は頷く。「昨日は嘘をついたのさ。とにかく、説明しよう。うちで晩飯でも食べながら。一から説明し出すと、かなりかかりそうだし。どうかね」

「賛成です」カラミィが言った。「僕達、まだ夕食の準備すらしてませんし」

「ふむ」晃一朗は令名を見る。「晩飯、追加で三人前、用意できるかな」

「あー……はい」

実務的な質問をされて、令名は我を取り戻した。

「今日の晩ご飯はお刺身ですけど……ちょっとお魚、買い過ぎちゃったんで」

「じゃあ、頼《たの》む。ささ、みんな中に入りたまえ」

両腕《りょううで》を広げ、晃一朗は一同を自宅に押し込み始めた。令はなすがままに室内に戻った。

約三十分後。秋島家の食卓《しょくたく》には六人分の夕食が並び、六人がテーブルについていた。

（……不思議な感じだ）

心中で、令は感想を漏《も》らした。この家でこれだけの人数で食卓を囲むのは初めてだったからだ。

テーブルの向こう側には三人の千夏が並んでいる。それぞれに髪型《かみがた》が違《ちが》うとはいえ、その眉目の並びをもってそれぞれを判別するのは難しい。だが、三者がそれぞれに異なる人格の持ち主であることを、短時間のうちに令は感じ取っていた。

比較的《ひかくてき》取っつきやすいのが、センジュ――一番背の高い千夏だ。表情は明るく、気安い空気を発散している。三人の中でもっとも気楽だ。

対照的に、マナ――一番背の低い千夏は、限りなく敵意に近い雰囲気《ふんいき》を、令にぶつけていた。その両眼は油断なく令の一挙手一投足を見はっている。恨《うら》まれることでもしただろうか、と自問したくなるくらいに、睨《にら》まれていた。

もう一人の千夏、カラミィと名乗った千夏は――よくわからなかった。今は、少々ぼんやりとした気配を漂《ただよ》わせ、無表情でいる。何を考えているのか、少なくとも令には読めなかった。

三人とも、まるで別人だ。それでいて顔は千夏そっくり。シュール極《きわ》まりない情景のただなかに、令はいた。

「食べながらで聞いてくれ」

片手に茶碗《ちゃわん》を持った晃一朗が、まず切り出した。

「どこから話したものか、非常に迷うところなんだが……おまえ達には信じられない話だろうし」

「死んだはずの千夏が三人も現れて、たった今ここで一緒《いっしょ》に晩飯を食べているって時点で、もう信じられない話だよ」

令は言い返した。

「だから、気にせず話して。僕は頑張《がんば》って受け入れる」

「そうか」晃一朗は頷いた。「それもそうだな」

「そもそも、仕事のパートナーってどういう意味なんですか」

令名が質問を投げる。

「だったら、そこから説明するか」

晃一朗は語り始めた。

「俺がペルセフォネ・アースでやっている仕事ってのは、ちょっと変わった研究活動なんだ。多元並行世界の存在に関する研究、とでも言うべきか」

「多元並行世界」令が繰り返した。「さっそく信じられない単語が飛び出してきた」

「簡単に言うとだな」晃一朗は話を続ける。「今ここにいる三人の千夏ちゃんは、別々の並行世界からやってきた、千夏ちゃんの同一存在なんだよ」

「同一存在……？」

「そう。えー……巨大《きょだい》な川が流れているところを想像してくれ」

身振《みぶ》りで、晃一朗は川が流れているところを示した。

「その川の流れの内側に、ぽかりと浮いている島々がある。その島々が、並行世界群だ。そのうちの一つが、今俺達がいるこの世界であり、別の一つがカラミィのいた世界、そのまた別がセンジュ、マナのいた世界……という風に、無数の並行世界が存在する。世界はそれぞれ異なる存在だ。所によっては物理法則すら異なっている……だが、そこに住んでいる人間はほぼ同じなんだ。並行存在の俺達が、その世界には住んでいる」

「それはつまり……」令が問い返した。「対応する人間が存在するってのは、別に千夏だけじゃないってこと？」

「そうなる」答えたのはカラミィだった。「昼間、僕達を襲《おそ》った加島という男。あれは、ここの世界の加島じゃない。どこかよその世界からやってきた存在。この世界の加島と成り代わって生活していたみたい」

「な……」一瞬、令は言葉を失った。「じゃあ、本物の加島さんはどこにいるの」

「多分、別世界にいる」晃一朗が割り込んだ。「ハデスの奴《やつ》らがさらっていったんだろう」

「ハデス？」

令名が聞き返す。

「ああ。ここからは大事なことだから、よく聞いてくれよ」

晃一朗はそう前置きした。

「さっき言った大河《たいが》は、スティクスと呼ばれている」

「……ギリシア神話の、この世とあの世を分かつ河の名前ですね」

令名が言うと、晃一朗は頷いた。

「ま、河ってのはたとえだから、真に受けないでくれよ。世界同士は、四次元的につながっているんだから。その四次元空間のことを、スティクスと呼んでいる。で、スティクスの覇権《はけん》を賭《か》けて、二つの組織が世界を股《また》にかけて争っている。一つは『ハデス』を名乗る団体で、一つはペルセフォネ機関だ――略して『機関』とだけ呼ばれることが多いが」

「ペルセフォネ……じゃあ、父さんが勤めているペルセフォネ・アースって会社名は――」

「その通り。俺が雇《やと》われているのは、機関の地球における出先機関なのさ」

そう言って、晃一朗はみそ汁《しる》をすすった。

「ということは」令名が口を挟む。「深江さんところの夫婦《ふうふ》も……」

「そう。あいつらも機関の雇われ者だ。ついでに言うと、千夏ちゃんもな」

「千夏も!?」

ベッド上の千夏の姿が令の脳裏《のうり》をよぎる。

「それって、つまり……！」

「その話も、今からする」

口元を引き結び、厳しい表情を作って、晃一朗は話を続ける。

「俺達はあらゆる世界で、ハデスの侵略《しんりゃく》と戦っている。だが、俺の役目は作戦管理官、実際に戦っているわけじゃない。実地で力を振《ふ》るっているのは、天使《カロン》と呼ばれるエージェントだ。彼女たちのような、な」

そう言って、視線を三人の千夏に振り向ける。

「ちなみに日本語表記で言うと、天使と書いてカロンと読む」

「死者の魂《たましい》を運ぶ、ステイクスの渡《わた》し守《もり》ですか」

令名が言った。

令にとっては、天使とそのまま読む方がよりしっくりくるように思えた。千夏達が力を発揮した時に現れた頭上の光輪、あれは天使の輪以外の何物でもない。

「ちょっと関係ない質問だけど」令は疑問を差し挟んだ。「なんでギリシア神話風のネーミングなの」

「かっこいいからだ」晃一朗は断言した。「意味の上では、別にスティクスを三途《さんず》の川と呼んでもいいんだ。だがその時は、天使と書いてダツエババアとルビを振ることになる。それで喜ぶ奴がどこにいる。誰《だれ》も得をしない」

「………………」

令は何も言い返せなかった。

「ついでに言うと、発音としては『ステュクス』とする方が正しいという話もあるが、我々日本人が発音しやすいという理由で『スティクス』に統一している。英語で綴《つづ》るとS・T・Y・Xだしな」

「生者の領域と死者の領域を分かつ深い河……」

カラミィが発言した。

「その概念《がいねん》は、たいていの世界において共通して見られる。だから、その名がつけられた」

「かっこいい名前を選んでな」

晃一朗が付け加えた。

「ともかく」令名が言った。「天使と名がつくからには、スティクスを渡ることができるのですね？」

「できる」センジュが答えた。「単身で、世界から世界へ飛ぶことができるんスよ」

「もっとも、飛ぶ世界を任意に選べるわけでもない」

マナが説明をする。

「スティクスにも流れというものがある。この地球から飛べるのは、特定の数世界だけだ。不意に乱流が発生して、よその世界への道が開くこともあるが——たいていの場合、目的地へ向かうにはいくつかの世界を経由する必要がある」

「でも、飛ぶこと自体はそれほど難しいことじゃないんだね。ということは、その……ハデスの側の天使も、この地球のどこかに来放題ってことじゃ？」

「その通り。だから、色々と防衛策を講じている。まず第一に、スティクスの流れだ。この地球の場合、一方通行が多くてね。地球に入ってくる流れも出て行く流れも、ほとんどが一方通行だ。加えて、入ってくる流れはきわめて少ない。だから機関は地球に出張所をつくったのだよ」

晃一朗が説明し、カラミィが続ける。

「もう一つ、機関はこの世界に防壁《ぼうへき》を作っている。名はスティクス・レビ。レビは、世界外からの侵入《しんにゅう》、世界内からの脱出《だっしゅつ》を全《すべ》て防ぐ」

「もちろん、出入り口も作ってあるッス」とセンジュ。「ゲートがあるんスよ。堤防《ていぼう》に対する水門って感じで。水門っても、開きっぱなしッスけどね。オゾン層とオゾンホールみたいなもんで」

「そしてそのオゾンホールは、ここ花見州の真上に開いている。五つの人工島の上空に、だ」

マナが言った。

「つまり、スティクス経由の出入りについては、完全に花見州だけで管理しているということだ」

と晃一朗が結論づける。

花見州は、人工島としてはかなり巨大な部類に入るが、「花見州市」という自治体として見た場合はそれほど広くない。管理しやすい、といえばしやすいのだろう。

「でもそれじゃ、花見州に住んでいる人間としてはたまったものじゃないんじゃ……」

加島に襲われたことを思い出しながら、令は呟《つぶや》いた。

「昼間のことは悪かった」晃一朗は謝る。「俺達とて万能《ばんのう》じゃない。ハデスもあの手この手で俺達の裏をかきに来る。できる限りのことはやっているつもりだが、水漏《みずも》れを完全に防ぐのは難しい」

「それなんですが……」

令名の表情が、不意に硬くなった。

「何故《なぜ》、令君が狙《ねら》われたんですか。その……ハデスとやらに」

「ハデスは、令の力に目をつけた。今まで隠し通してきたが、とうとうばれたようだな」

苦虫を噛《か》み潰《つぶ》したような顔で、晃一朗は言った。

「は……？　力って、なんのこと」

戸惑《とまど》う令に、カラミィが声をかけて、

「スティクス・ハイロウの開放を感知する力」

そして実際に、スティクス・ハイロウを開いてみせた。

カラミィの周囲に光輪が現れた。光輪は食卓をすり抜《ぬ》けてせり上がり、カラミィの頭上に鎮《ちん》座《ざ》する――放課後の時みたいに。

「これがスティクス・ハイロウ」

自分の頭上を、カラミィは指さした。

（そうだったのか……）

令は納得《なっとく》した。

カラミィの光輪から、目に見えない、しかしなんらかの力を持った何かが流れ出していることを、令ははっきりと感知していた。今まで何度も感じてきた、「気配」そのものである。

「個々の世界においては物理法則すら異なる、とさっき言った」カラミィは語る。「だから、各世界の住人は各世界の法則にのっとった能力を持つ。他《ほか》の世界からすれば、異能としか言いようのない力を。ちなみに僕は、この世界風に言うと、魔法使《まほうつか》い」

本当かよ、と令は内心で訝《いぶか》った。たしかに、あの植物を生やす力は魔法と言えなくもないが、魔法を放つ時に使用していたあのライフルは何か。狙撃《そげき》手以外のなんだというのか？

しかし令は別のことを口にした。

「つまり、ハイロウを出すことで魔法を使うことができる……ってことかな」

カラミィは頷《うなず》いて、光輪を引っ込めた。

「光輪から力の流れが出ていること、感じたんじゃないか？」晃一朗が令に言った。「それを俺達はスティクス粒子《りゅうし》と呼んでいる。スティクスの流れそのもの、だ。スティクスとつながることで、天使達は力を発揮する。スティクス粒子が、元の世界の物理法則をエミュレーションするんだな」

「ただし」センジュが言った。「スティクス・レビは、スティクスから地上への粒子の流入を完全に遮断《しゃだん》する。だから、この星のどこでも力を使えるわけじゃない」

「はあ」令名が相槌《あいづち》を打った。「つまり、ゲートの真下……花見州の中でしか、異能を発揮することはできないということですか」

「その通り。少なくとも地球においては。よその世界、ゲートもレビもない所だと、また別だがね」

令名に頷いてみせてから、晃一朗は令を見る。

「おまえは、世界を守るためのすごい力を持っているんだ。ハイロウの開閉を、全て感知することができる。これは、機関にとってもハデスにとっても、喉《のど》から手が出るほど欲しい力だ」

「だから今日、僕は加島さんに狙われたってことなんだね」

令はきわめて冷静に総括《そうかつ》した。それから正確に五秒後、

「ちょっと待ってよ!!　一体どういうことなの!?」

動転して椅子《いす》から腰《こし》を浮《う》かした。

「どういうことも何も」晃一朗は眉《まゆ》をひそめる。「たった今説明した通りだ。まずは落ち着いて晩飯を食え」

「落ち着いてられないよ!」令はまくしたてる。「いや、話はわかったよ?　スティクスという多元世界をまたぐ流れがあって、ハデスと機関とがその中で争っている、っていう。信じられない話だけど、信じるよ。昼間に色々と信じられないものを見せられたんだもの、信じるしかないよ。でもつまりそれって、これから先僕は加島さんみたいな人々に次から次へと襲われ

るってことでしょ!?」

「その点については、謝るしかない」晃一朗は軽く頭を下げる。「できれば、おまえをこんなことには巻き込みたくなかった。これまで秘密にしてきたのは、そのためだ」

父に頭を下げられては、令も引かざるを得ない。着席して、姿勢を正す。

「だから、僕達がこうしてやって来た」

ごく落ち着いた声で、カラミィが言った。

「ハデスの手から、君を守るために」

「それは……まあ、ありがたい話だって言うべきなんだろうけど……」

カラミィの言葉に偽《いつわ》りはない。令達の周囲に千夏達の姿がちらちらと現れたのも、令を守るためだったのだろう。何の説明もなかったせいで、かなり困惑する羽目に陥《おちい》ったのだが。

「迷惑《めいわく》な話だと思う。でも、君には天与《てんよ》の力があって、ハデスはその力を手に入れようとしている。だから、君を守らせてほしい。君の生活に、できるだけ支障が出ないようにする」

「…………」

困り顔を、令は装った。

だが結局のところ、彼女らの言葉を拒絶《きょぜつ》することはできない。

加島のような手合いにまた襲われた時、自力で自分を守れるだろうか。

いや、無理だ。

「これから先、令の身に災難がふりかかるはず」

あの日、瀕死《ひんし》の深江千夏は令にそう言った。その言葉は、すなわち今日という日が来ることを示していたのか。

今になってみると、千夏の妙《みょう》な物言いも、理解できる。あの時、スティクスについて延々と語るだけの余力を、千夏は持っていなかった。だから、言える範囲《はんい》のことで、令に警告を送りたかったのだろう。

「千夏は——」令は尋《たず》ねた。「千夏が死んだのも、ハデスと戦ってのことなんだね」

「ああ、そうだ」晃一朗は重々しく頷いた。「奴らとの戦いは遊びでもスポーツでもない。殺し合いだ」

(僕は、いやおうなくその殺し合いに巻き込まれるってわけか)

令はそう悟《さと》った。

色々と納得できないことはある。そもそも、突然《とつぜん》に世界の常識を覆《くつがえ》されるような話をされ、加えて自分の身が誰《だれ》かに狙われているというのだ。すぐに納得できるはずがない。

だが、この時を想定して、千夏は言葉を遺《のこ》してくれた。

それだけは、無視できない。

「わかったよ」

令は大きく息を吐《は》き出した。

「ま、少なくとも、僕が見たのが千夏の幽霊《ゆうれい》じゃないってことがわかって、良かった」

「……そうか」

ほっとしたのか、晃一朗は胸をなで下ろした。

「でも……」令は続けた。「護衛に入ってくれるのはいいとして、具体的にどうするの。学校に行かなきゃならないのに」

「フフ。そりゃ簡単だ」

晃一朗は得意げに笑った。


「深江カラミティと言います。カラミィと呼んで下さい」

翌日朝、令の教室にて。

逢藍大付の制服を着たカラミィが、教室の前で自己紹介《しょうかい》をしていた。

カラミィが入ってきた瞬間《しゅんかん》から、教室内の一部に妙な気配が漂い始めた。なにしろ転校生がうり二つなのである——半年前に亡《な》くなった深江千夏に。かつての千夏を知る生徒達がざわつき始め、その空気を感じて、何も知らない面々も動揺《どうよう》し出す。

もっとも、カラミィが深江姓《せい》を名乗ったことで、奇妙《きみょう》な空気は収束に向かった。血縁《けつえん》の人間ならば、そっくりでも不思議ではない。

（でも、よりによってそんな名前を名乗るのか）

動揺を誰にも悟られないよう、令は無表情を装っていた。深江カラミティとは、平凡《へいぼん》な日本人名とは言い難《がた》い。もう少しまともな偽名《ぎめい》はなかったのか、とも思うのだが……名乗ってしまった以上は仕方がない。

それにしても、カラミィの編入に関する手際《てぎわ》の良さは驚《おどろ》きだ。もとより今日にもカラミィを高校に入れる予定ではいたらしいが。晃一朗の話によると、戸籍《こせき》やらなんやら、諸般《しょはん》の手続きはきっちり済ませているのだとか。どうも、ペルセフォネ機関とやらは行政の方にも手が回せるようだ。少なくとも晃一朗はそんなことを匂《にお》わせていた。

自分の知らないところで、様々な事態が動いている。見えざる手の存在を、令はひしひしと実感せざるを得なかった。

「趣味《しゅみ》は園芸、好きな花はアサガオ。よろしく」

カラミィが一礼する。まばらな拍手《はくしゅ》が、教室にうつろに響いた。

「えーと、秋島の隣《となり》が空いてるな。そこに座れ」

教師は令の隣の席を指さした。

「わかりました」

カラミィは言われた通り、静かな歩調で歩み寄って、着席した。

「よろしく」

何を考えているのかよくわからない瞳《ひとみ》で令を見つめ、軽く礼をする。

「……」

無言で令は頭を下げ返した。

一時間目の終了《しゅうりょう》後、クラスの女子連中がカラミィのそばに集まってきた。

「カラミィさん、外国の方なの？」

「ここに来る前はどこにいたんですか？　前の所と比べてどう？」

「花見州っていいところでしょ？」

好奇《こうき》心にかられて女子達は次から次へと質問を投げてくる。

さて、まともに答えられるんだろうか、と令が心配しながら見ていると——

「ドミニカに住んでいた」

カラミィは驚くべき答えを出した。

「ドミニカ……」

予想外の返答に、女子一同はたじろいだ。

「えーと、たしか、野球が強いところだよね？」

そのうち一人が、やっとの事で言った。

「違《ちが》う。それはドミニカ共和国。イスパニョーラ島をハイチと分け合う国。私のいたドミニカは、西インド諸島の小さな島の一つであるドミニカ島にある国。昔はイギリスの植民地で、主産業はバナナ」

「…………」

まったく理解できない話題に、さっそく女子達は引き始めていた。

令は頭を抱《かか》えたくなった。

二時間目の終了後、令がトイレに立つと、カラミィがその後ろをついてきた。

「どういうつもりなの」

令が問うと、

「ボディガードを務める以上、一瞬《いっしゅん》たりと目を離《はな》すわけにはいかない」

カラミィはさらりと答えた。

「そうじゃなくて。なんでドミニカ出身なんて言い出したの。というか、ドミニカ共和国と別にドミニカ国があるなんて初めて知ったけど」

「前歴を仕立てるのが面倒《めんどう》だったから、誰《だれ》も知らなそうな地球の裏側の国出身という設定にしてみた。もちろん辞典やネットで調べた知識があるだけで、行ったことはない」

「そりゃそうだよね……。でも、ネットを使えるって大したものだね」

「そうかな」

カラミィは首をひねった。

「というか、日本語、読めるの？　いや……そもそも、なんで日本語しゃべれるんだ？」

今更《いまさら》ながら、根本的な疑問に令は気づいた。並行世界だからといって、その全《すべ》ての世界が日本語を使っているとか、あり得るだろうか？

「スティクスの力」

カラミィは低い声で答えた。

「スティクス粒子は、意思伝達についてもエミュレーションを行う。文字に関しては読み書きを可能とし、口語については自動翻訳《ほんやく》を行っている。僕の唇《くちびる》をよく見て」

「唇……？」

「令が認識《にんしき》している言語と、僕の唇の動きには相違《そうい》があるはず」

（……言われてみれば）

たしかに、カラミィの発音と、カラミィの唇の動きから想定される発音に、はっきりとした差違《さい》がある。

「僕は、コムサード——僕の出身の言葉を喋《しゃべ》っているつもり。粒子が、勝手に日本語に変換《へんかん》している。令の言葉も、翻訳されてコムサードの言語になっている」

「へえ……」令は感心した。「センジュもマナも、同じなんだよね」

「センジュは、そう」カラミィは頷《うなず》いた。「でも、マナは違う。マナの出身世界は、きわめて日本語に近い言語を使うらしい。マナだけは、普通《ふつう》に日本語を喋っている」

「……それはそれは」

（ま、その種の機構でもないと、ハデスや機関のような世界をまたぐ組織は生まれないよな）

令は納得《なっとく》した。

「話を戻《もど》すけど、ドミニカについて詳《くわ》しく知りたいなんていう猛者《もさ》が出てきたらどうするの」

「黙秘《もくひ》せざるを得ない。『カラミィはドミニカで両親を亡《な》くした。だからドミニカのことを思い出したくないらしい』って令が言って」

「……………」

話しているうちにトイレにたどり着いた。

令がドアをくぐると、平然とした顔でカラミィも男子トイレに入ってきた。

「ちょっと待った」慌《あわ》てて令はカラミィを制した。「なんでしれっとして入ってくるの」

「言ったはず」カラミィは答える。「一瞬たりと目を離すわけにはいかない、と」

「待ってよ！　女の子が男子トイレに入ってくるなんて常識的に考えてあり得ないでしょ⁉」

令は声を荒《あら》らげたが、カラミィは静かに答えた。

「ハデスに常識は通用しない」

（カラミィにも常識は通用しないらしい）

感情的に訴《うった》えても無駄《むだ》なようだ。理に訴えなければ、と令は少し考えてから、言った。

「少なくとも、この世界じゃ、それは非常識な行動だ。学校内で噂《うわさ》になるよ——『今度の転校生は男子トイレに堂々と侵入する変態だ』とかなんとか。身分を隠《かく》して潜入《せんにゅう》している以上、世間に波風を立てるような行為《こうい》は慎《つつし》んだ方がいいんじゃないかなあ」

「…………」

今度はカラミィが考え込んだ。

「それは一理ある」

「わかってくれたか」

令は胸をなで下ろした。

「僕は男子トイレには入れない」

「その通り」

「ということは、晃一朗に頼《たの》んで、トイレに監視《かんし》カメラを設置してもらう必要がありそう」

「…………」

令は実際に頭を抱えた。

「つまり……俺達が見かけたのは、千夏の同一存在達だった、だと……」

昼休み、平岡弘毅は弁当をつつきながら驚いてみせた。

弁当を食べながら、令はカラミィの出自について実際のところをすべてぶちまけた。彼にだ

Hiking

けは真実を教えておいた方がいい、と思ったのである。晃一朗も、「校内にもう一人くらい、信頼《しんらい》できる協力者がいたほうがいい」と許可を出してくれた。

だが、弘毅はなかなか令の話を信頼できないようだ――ごく自然な反応ではあるが。

「異世界から、各世界の千夏達が集まって、令を守るために集結した、ってか。信じられねえ。この目で千夏のそっくりさんを見ても信じられねえ」

「まあ、そうだよねえ」

弘毅の態度に、令は理解を示した。

「マルチユニバースってやつか？　SFやらなんやらだったら、珍《めずら》しい設定でもないが……実生活にそういうネタが割り込んでくるのはなあ……現実と想像の区別がつかない奴《やつ》とか言われるのは……」

ぶつぶつと弘毅は独り言を呟く。

「事実は事実」

令の隣で弁当を食べているカラミィが言った。

「信じられないのも無理はない。スティクスの話を聞いた人間は、万人《ばんにん》があなたのような反応を示す。でも、あなたは信頼に値《あたい》する人間だ、と令が言ったから、事実を打ち明けた」

「信頼してくれるのはありがたいんだが」

弘毅がカラミィを見つめた。

「カラミィ、魔法使いなんだな？　だったら、魔法を使ってみせてくれないか？　実際に、常識外の現象を目の当《ま》たりにしたら、信じられると思う。できる？」

「できる」

カラミィは断言した。

「ちょっと待った」

先回りして令が制止した。

「この場でやるつもりじゃないよね」

と言った瞬間、カラミィはハイロウを発現させた。

「ダメーッ！」

が、必死の形相で令が訴えたのが効いたか、ハイロウはカラミィの足下《あしもと》で回転している段階で、消滅《しょうめつ》した。

「みんな見てるでしょ！　やるのはどこか他《ほか》の場所で！」

小さな声で、しかし激しい調子で、令はカラミィに注意する。

「スティクスの岸辺に行けば問題ない」

カラミィはしれっと答えた。

「スティクスの岸辺？」

どこかで聞いた言葉のような、と令は額に手を当てた。

すぐに思い出した。加島が言っていたのだ。

「あの……夕焼け空みたいな変な空間のこと？」

「そう」カラミィは首肯した。「天使の力からこの世界を守るため、スティクス・レビが生み出す空間。レビに守られた世界だと、あの空間を経由してスティクスに行くことになるから、『岸辺』と呼ばれる。二つ以上のハイロウが至近距離で開くと、レビは自動的に岸辺を生成して、天使を岸辺に送り込む。……一人でも岸辺に行くことはできるけど」

「へえ」令は声を上げた。「そうやって、一般の人の目から隠しているのか」

「でも、いつハデスの連中に感知されるかもわからないんですから、滅多《めった》なことでは力を使わない方がいいんじゃないんですか？」

長らく黙《だま》ったまま話を聞いていた令名が、初めて発言した。

令名は令とは別クラスなのだが、昼食時には必ず令のもとにやってきて、一緒《いっしょ》に弁当を食べる。普段《ふだん》は和《なご》やかなお食事の時間となるのだが――本日ばかりは、令名は不機嫌《ふきげん》さを丸出しにしていた。

原因は明白。昼食の場に、令名以外の女の子がいるためだ。

「その点は問題ない」

令名がこれでもかとばかり発散する不気味な気配を、まったく気にしていないかのような態度で、カラミィは答えた。

「他の天使に、ハイロウの開放を遠距離《えんきょり》から感知する術《すべ》はない。それに、敵が感知能力者を連れてきているとしても、令がこの時間帯に学校に通っていることは知れているはず。むしろそばで僕がハイロウを開いた方が、示威行為《じいこうい》になる」

弁当を食べながら、淡々《たんたん》と説く。

「あら。それはすいませんでしたね。素人《しろうと》が差し出口を叩《たた》いたようで」

露骨《ろこつ》な皮肉口調で令名が言うと、

「気にすることはない。知らないことを尋ねるのは当然のこと」

カラミィは静かに答えた。

「…………」

二人の間で、目に見えない敵意の腕《うで》がせめぎあっている。傍観者《ぼうかん》達はただ気圧《けお》されるしかなかった。

（おかずの味がわからない……）

特に令は、あまりのプレッシャーのため味覚が麻痺《まひ》しつつあった。令名が作ってくれる普段の弁当はとてもおいしいのだが、今日ばかりはひたすらに砂でも噛《か》んでいるような感覚だった。

「いやー、あの、その」

この状況《じょうきょう》を放置するわけにはいかない。令は調停に乗り出した。

「二人とも、できれば仲良くして欲しいんだけど……」

すると、二人は同時に令を見つめた。

「もちろん、そのつもり」

カラミィは真面目《まじめ》な顔で言い、

「わかってますとも、令君」

令名はこれ以上ない笑顔《えがお》を返した。

「プレッシャーは弱まるところを知らない。一応令は愛想《あいそ》笑いを浮かべたが、吐きそうだった。

「とにかく、僕の魔法《まほう》が見たいって言うんなら」

カラミィは弘毅に言った。

「放課後に実演してみせる」


放課後、カラミィは高校そばの中花見州臨海公園に令達を招き入れた。

公園といっても、そんじょそこらの公園とは異なる。中花見州の北辺、海岸線に細長く張り付いた形状をした公園だ。岸壁《がんぺき》の側には煉瓦《れんが》敷《じ》きの小道が延々と続き、広大な海を好きなだけ眺《なが》めることができる。遮《さえぎ》るものが何もないため、特に冬は風が厳しく寒いのが欠点ではあるが、令はこの公園が好きだった。

陸の側には、芝生《しばふ》、植え込み、まばらな立木などが緑一色の光景を形作っている。ある植え込みのそばに立つと、カラミィはカバンの中から拳銃《けんじゅう》を取りだした。

「うわ。ピストル？」

突然出てきた物騒《ぶっそう》な代物《しろもの》に、カラミィ以外の三人は目を剥《む》いた。

「マジカルステッキ」

カラミィは強く主張した。

「よく見て。弾丸《だんがん》を入れる場所がない」

令の前に銃――マジカルステッキを差し出す。たしかにその物体にはシリンダーはなく、マガジンを突《つ》っ込めそうなところもない。

「う～ん。たしかにないけど、でもこの見た目は拳銃以外の何物でも――」

「マジカルステッキ」

再度カラミィは強調し、銃を回収した。

「弾《たま》がないなら、どうやって撃《う》つんだ？」

至極《しごく》当然の質問を、弘毅が投げる。

「こうする」

言うと同時に、カラミィの左手が光り出した。

左手を撃鉄《げきてつ》にかける。弾倉《だんそう》がない割に、撃鉄はあった。手が触《ふ》れると、光が撃鉄を通じて銃身に潜《もぐ》っていった。

銃口を地面に向け、カラミィは一発撃った。

低い発砲音《はっぽう》とともに、光弾が地面に突き刺《さ》さる。直後、突き刺さったその地点からアサガオの芽が生えた。早回し動画のごとくアサガオは異常な勢いで生長し、つるを地面に這《は》わせた後、花を咲《さ》かせる。

「おおお」弘毅は感嘆《かんたん》の声を上げた。「花を咲かせる魔法か。意外にメルヘンじゃねえか」

「メルヘン……」

そう言われると、カラミィは少し得意そうな顔をした。

「まあ……メルヘンかな……」

加島の操《あやつ》る猟犬《りょうけん》に弾丸が撃ち込まれた時のことを思い出しつつ、令は言った。えてして童話とは残酷《ざんこく》なものである。

「異能を使う場合は、ハイロウを出さなきゃならないんじゃなかったの」

「ちょっとした力を使う分には、開ける必要はない」

カラミィはしゃがみこみ、アサガオをつついた。考えてみれば、このアサガオはかなり小さい。猟犬の生気を吸い取ったアサガオは、もっと大きく生長していたはずだ。

「流れ込んできたスティクス粒子《りゅうし》は、ハイロウが閉じた後も大気中に残る。残留スティクス粒子を使えば、微力《びりょく》ながら能力を使役《しえき》できる。全力を出すには、ハイロウを開けなければならないけれど」

「ふ〜ん。そうなのか」

「例えば、センジュ」カラミィは説明を続ける。「センジュの体内のエンジンは、スティクス粒子を取り込むことで稼働《かどう》している」

「センジュ?」

弘毅の言葉に、令が応じる。

「弘毅が見た千夏のことだよ」

「ああ、……。『体内のエンジン』ってことは……」

「改造人間なんだって。センジュは」

「改造人間」弘毅は驚いた。「サイボーグとか、アンドロイドとか……そういうものなのか」

「そういうこと」カラミィは言った。

「じゃあ……あのモデルみたいな体形は作り物だってのかよ!」

さすがにこの質問は想定外だったらしく、カラミィは妙《みょう》な顔をした。

「それは……当人に聞いた方がいいと思う」

「聞けるか」弘毅は反論した。「『あなたのそのおっぱいは作り物ですか』だなんて言えるかよ」

「………」

カラミィの妙な顔は、元に戻らなかった。

「とにかく、信じるしかないようだな」

弘毅は腕組《うでぐ》みして、カラミィを見た。

「今のアサガオは、明らかによくわからない力の産物だ。手品の類《たぐい》とも思えねえ。どうにも信じがたい話だが、信じてみることにする」

「ありがとう」

令は胸をなで下ろした。弘毅を説得し損ねたら面倒だなあ、と思っていたので。

「センジュ……だったか。あの完璧極《かんぺききわ》まりないプロポーションも、人造物だと考えれば納得《なっとく》がいく」

「………………」

「で、彼女にはどこに行ったら会えるんだ？」

「センジュは深江家にいるよ。学校には来ない」

「そうなのか。そりゃ残念。カラミィが三人の代表として学校に来てるのか」

「一度に千夏達が三人も転校してきたら、大混乱になりますもの」

令名が答えた。

「それに、全員が学校に通い始めたら、行動に制約が出るからね」令が続ける。「別働隊として動けるようにしてもらってる。今日も別の任務についているはずだよ」

「僕達は、与《あた》えられた任務をこなすためにここにやってきた」カラミィは言った。「僕は僕で、任務をまっとうする」

そして、すっと令の隣に立つと、腕を絡《から》ませた。

「わ」

突然《とつぜん》腕を組まれて、動揺する令。

至近距離《きょり》から令を見上げて、カラミィは腕を引っ張った。

「帰ろう。令を自宅まで無事に送り届けるのも、僕の任務」

「待ちなさい」

当然、令名が黙っているわけがなかった。

「なんで令君とくっつくんですか！」

血相を変えて、カラミィの肩《かた》を摑《つか》む。

が、カラミィは静かに令名の手を払《はら》いのけた。

「任務とはいえ、少しくらい役得があってもいいはず」

「役得？」

令が見返すと、カラミィはわずかに笑ってみせた。

「ちょっと！　なにを目と目で通じ合ってるんですか!?」

動転して、令名は力ずくで令とカラミィを剝《は》がしにかかった。

「令君から離れなさいッ」

だが、びくともしなかった。カラミィは決して令の腕を放そうとせず、それどころかますます強く抱《だ》く。

「ぐう……！」

自分の腕力《わんりょく》では引きはがせないと悟《さと》ると、令名は反対側に回り、令の空いている腕を抱いた。

「だったら、私はこっちにつきます」

きっ、とカラミィを睨《にら》んで、令名は宣言し、思い切り令に顔を寄せてきた。

「お姉ちゃん、くっつき過ぎだって！」

慌てて令が言うと、

「……そっちにくっつかれたら、いざという時令が動けない。任務の邪魔《じゃま》」

カラミィも令名をにらみ返す。

「あなただけに令君を独占《どくせん》はさせません」

けれども、令名も引こうとしない。カラミィと令名は、令の眼前で怒《いか》りの視線を絡み合わせた。

「妥協《だきょう》して」弘毅が言った。「その格好で家に帰るこったな。両手に花とはうらやましい」

「うらやましいなら替《か》わるって！」

令は訴えたが、弘毅は首を左右に振《ふ》る。

「愛されてるのは、俺じゃなくておまえだろ？」

「いや……その……」

反論かなわず、令は黙り込んだ。

(両腕《りょううで》に抱きつかれた格好で下校したら、果てしなく目立つなあ)

自宅までの道行きそのものが羞恥《しゅうち》プレイになるのか、と思うと気が重い。

「とにかく、帰ろうか……」

抱きつかれている時間をできるだけ短くするより他《ほか》にない、と令は足早に歩き始めた。


全面真っ白な部屋の中に、加島は閉じこめられていた。

それなりに広い部屋ではあるが、快適な環境《かんきょう》とは言い難《がた》い。窓は一つしかなく、その窓にはマジックミラーがはめこまれている。

壁《かべ》、床《ゆか》、天井《てんじょう》のすべてに弾力性《だんりょくせい》のある材質が敷《し》き詰《つ》められている。自殺を防ぐためだけではなく、スティクス粒子の侵入《しんにゅう》を遮断《しゃだん》するという目的もある。完全に遮断しうる物ではないが、残留スティクス粒子程度の濃度《のうど》であれば、問題はない。

そもそも、この場所ではハイロウを開くことはできない。なぜならばここ、ペルセフォネ・アースの研究所は、花見州市の南の果て、人工島上でありながらわずかにスティクス・ゲートの範疇《はんちゅう》から外れた場所に建設されているからだ。

「動物使い君、元気そうで安心したッスよ」

窓から加島の様子をのぞき込みつつ、センジュは言った。

「出せよ！　見てんだろ⁉」

マジックミラーを叩きながら、加島は叫《さけ》んでいた。

「この世界じゃ、尋問《じんもん》する時はカツ丼《どん》出すんだろ⁉　出せよカツ丼！　カツ丼をよぉーッ！」

「……カツ丼とはなんぞ」

センジュの隣《となり》で、マナが呟《つぶや》いた。

「食べ物らしいッスよ」センジュが答える。「刑事《けいじ》ドラマによく出てくる。ここの警察機構は、犯罪者から情報を引き出すための取引材料として、その食べ物をよく利用するらしい」

「取引材料に？　食い物を？　よくわからんな」

「まあ、私もよくわからないんだけど。テレビで知っただけの知識だから」

とんちんかんな会話に、すぐそばで待機している機関職員は必死に笑いをこらえていた。

「ところで……」センジュが職員に語りかける。「あいつ、何か言ったッスか？」

「たいしたことは、何も」職員は首を横に振った。「直接聞いてみます？」

センジュが頷《うなず》くと、職員はマジックミラー直下の機器を操作した。マジックミラーが透明《とうめい》になり、観察室の声が監禁《かんきん》室に通るようになる。

「こんにちは～」センジュが挨拶《あいさつ》した。「昨日はよく眠《ねむ》れたッスか？」

声に、加島は一旦《いったん》黙《だま》り込んだ。ぎろりと一同を睨みつけて、

「おかげさまでな」

刺々《とげとげ》しい声で答えた。

「そりゃ結構」マナが言う。「随分《ずいぶん》落ち着いたものだな。仲間が助けに来てくれるとでも信じておるのか？」

「そりゃ、――」

答えかけて、加島は言葉を引っ込めた。

「おっと、俺は何も言わんぜ」

チッ、とマナは舌打ちした。

加島が単身で花見州に乗り込んできているとは思えない。仲間が少なくとも一人はいるはずだ。それが何者なのか、引き出せればよいのだが――

「なかなか用心深いようです」

通話を遮断してから、職員が言った。

「そのようッスね」

センジュは認めた。本日センジュらがこの研究所に来たのは、加島の護送を手伝うためである。ここでたいした情報が引き出せない以上、機関の上位――すなわち、別の世界――へと送りこむよりない。センジュとマナは、加島を花見州のゲート直下まで護送するという任務を負っていた。スティクスを渡《わた》って別世界までつきそうのは、別の機関職員の仕事だ。

「ま、ゲート直下まで行けば、加島の仲間が誰《だれ》なのか、わかるんじゃないッスかね」

加島を奪還《だっかん》せんとするならば、加島がゲート直下に入った時が唯一《ゆいいつ》の機会だ。それは機関側からすれば、加島の仲間を誘《おび》き出すチャンスでもある。

「本当に来るかどうか、わかったものではないがな」

マナの意見は、ハデスが加島を見捨てる方に傾《かたむ》いていた。

「それより、こやつは件の学校に潜入しておったのだよな？　いつ頃《ごろ》からだ？」

「一ヶ月前くらいのようですね」職員が答える。「その頃《ころ》から、同級生達が彼の言動に疑惑《ぎわく》を持ち始めていたようです。まるで人が変わった、などと」

「やれやれ」センジュが肩をすくめた。「厄介《やっかい》な話ッスね。潜入しているのは彼だけとは限らないわけだし」

「ま、潜入しているとしても、大人数ではなかろうよ」

仮面で口元を隠しながら、マナは呟いた。

一時間後、センジュとマナは加島を挟《はさ》むポジションで、車の後部座席に着席していた。

「…………」

二人とも加島を無視し、窓の外に注意深い視線を投げ続けている。一番厄介なのは、ゲートの範囲《はんい》内から範囲外へと繰《く》り出される攻撃《こうげき》を仕掛《しか》けられることだ。防御《ぼうぎょ》しようにも、こちらは微量《びりょう》な残留スティクス粒子しか使えない。だから、特にゲートのすぐそばでは高度の警戒《けいかい》が必要なのである。

周囲はほとんど海だ。背の高い建築物は島の中央部に固まっているので、見通しはかなりいい。晴れ渡った空はどこまでも青く、何かを見落とす可能性はないはずだった。

「チッ。俺のことはどうでもいいのかよ」

真ん中の席で、加島は手錠《てじょう》と足かせと口を隠《かく》すマスクをかけられていた。

「カツ丼食わせてくれねえのか！　カツ丼をよぉ――ッ」

身体《からだ》を揺《ゆ》らして、必死に自己主張を始める。

「うるさい！」

センジュは容赦《ようしゃ》なく肘《ひじ》打ちを加島の脇腹《わきばら》に叩き込んだ。

「ぬぐッ」

思わず加島は身体を折った。

「ひでえじゃねえか！　こっちゃ手も足も動かせねえってのにッ」

同情を買うようなことを言うが、センジュは無視する。加島の目的は、センジュ達の注意を散らせることだ。つまり、加島はこのタイミングで助けが来ると確信しているということ――

「……見えた！」

マナが叫んだ。

「右手の白いビルの上！」

センジュはガッと窓から身を乗り出し、マナの言う白いビルを見上げた。たしかに、そこに空飛ぶ人影《ひとかげ》がある。

機械化されているセンジュの目は、常人の肉眼では捉《とら》えきれない遠距離の対象も、正確に観察することができる。すぐにセンジュは空飛ぶ人影の正体を見極《みきわ》めた——その人影の頭上に光輪が輝《かがや》いていること、攻撃体勢に入っていることも。

「あいつだ！　撃ってくる！」

センジュはマナに言い返し、

「奴《やつ》めか！」

マナは素早《すばや》く仮面を装着した。黄と黒の、まだら模様の面を。

「来い！　事故死者の怨霊《おんりょう》ども！」

一声叫ぶと、宙に十数体の怨霊が現れた。炎《ほのお》のように揺れる怨霊達は、走る車のボンネット上に集まると、組み体操のごとく寄り集まって壁を作った。

「避《さ》けて！」

センジュが運転手に命令する。

しかしわずかに遅《おそ》く、壁に激突《げきとつ》したような衝撃《しょうげき》が車を襲《おそ》った。

「ぐうぅッ!?」

車が揺れて、センジュもマナも小さく悲鳴を上げる。

衝撃波は、怨霊達に激突した。衝撃で怨霊達は雲散霧消《むしょう》した――が、消滅することによって、車への直撃を防ぎきる。

第二撃が飛んでくる前に、車はゲート直下へと進入した。車が完全に停止するのも待たず、センジュとマナは車外に飛び出して、

「好き勝手させるか……！」

スティクス・ハイロウを発現させた。

世界は黄昏《たそがれ》の光に包まれる。車は制動中の体勢で停止、運転手の姿は消え去った。ただ一人、後部座席に加島が収まっている。加島もハイロウを発現し、スティクスの岸辺に入り込んでいた。

さしあたり加島を無視し、センジュは空飛ぶ人影に声を投げた。

「おい！　降りて来いよ、セラフ！」

呼びかけに応じて、人影は動いた。その場からまっすぐ上昇《じょうしょう》すると、針路を曲げて急降下、くるくると回転しながら降りてきて、地上すれすれでぴたりと止まる。

彼女の身体を浮揚《ふよう》させているのは、その両手から放たれる衝撃波だ。気流の強さを調節して、高度を維持《いじ》している。センジュ達を見下ろす高さを。

「お久しぶり……というほどでもないかしら？　お二人とも。会いたかったですわ」

彼女は優雅《ゆうが》な笑《え》みを浮《う》かべて、挨拶した。

「儂《わし》らは会いたくなかったがのう。セラフィーヌ・ンガイア・カークリノーラス！」

マナは吐《は》き捨て、相手のフルネームを呼んだ。

彼女——セラフの天使の輪の真下にある顔は、センジュやマナとうり二つ。

彼女もまた、深江千夏の同一存在だった。

3 魔法少女、改造人間、怨霊師

ウィッチ　サイボーグ　ネクロマンサー

「ん……」

スティクスの流れが島に入り込んでくる感覚を、令は覚えた。

「開いた……かな？」

その発言に、カラミィと令名が同時に色をなす。

令は南方へと顔を向けた。そっちの方で、ハイロウが開いたようだ。

「数、わかる？」

と問いかけつつ、カラミィは令の手を直接握《にぎ》った。

「何をするんですか」

令名の声に、カラミィは令の手を見つめつつ答える。

「機関の、感知能力を持つ人は、接触《せっしょく》によってハイロウの存在を共有できた。令にも同じことができないかと思って。……令」

「あ、ああ……」

柔《やわ》らかい手の感触《かんしょく》にドギマギしながら、令は気持ちを集中させた。目を閉じ、外部からの情報を排《はい》して、スティクス感知能力を鋭敏《えいびん》にしようと試みる。

黄色い闇《やみ》の中に、光輪が見える——そんな感覚が、令の中に生まれた。開いているハイロウは——

(……一つ……二つ三つ……四つ目……)

順番に開いていくハイロウを、令は心の中で数え上げた。

「……四つ？」

不意に、カラミィが言った。

「うん、四つ」令は驚《おどろ》いた。「本当に、感覚共有できるんだ」

満足そうに頷き返し、カラミィは南方に視線を投げた。

「敵が来た」

「敵？」

「おそらく、加島を助けに来たハデスの天使」

「なるほど。センジュとマナと、加島と、そしてもう一人。単純な算数ですものね」

令名はカラミィを見た。

「敵襲《てきしゅう》ならば、助けに行かないのですか？」

「行けない」カラミィは即答《そくとう》した。「増援《ぞうえん》の天使が一人とは限らない」

そして、令の腕《うで》を改めて強く抱く。

「……チッ」

よく聞こえる音を立てて、令名は舌打ちした。

（……怖《こわ》すぎる）

令は冷や汗《あせ》を流さざるを得なかった。空気を変えよう、と別の話題を持ち出す。

「助けに来た、って言うけれど、本当にそうなの？」

「というと」

「いや、こういう時悪の組織って、『足手まといに用はない』とか言って尻尾《しっぽ》切《き》りするんじゃないかなー、と思って」

「可能性はないでもない」カラミィは認めた。「でも、相手が僕の思っている奴だとしたら、そうではないと思う。あいつは、意外と人の輪を大事にする奴だから」

「……知ってる相手、ってこと？」

令が問うと、カラミィは嫌々《いやいや》ながらという感じで頷く。

「腐《くさ》れ縁《えん》というやつ。いずれ、君とも会うことになる」

つまらなそうに、カラミィは呟いた。

「いつまで手をつないでいるんですか」

不意に令名が手刀を放ち、令とカラミィのつないだ手を強引《ごういん》に切り離《はな》した。

「痛……」

直撃を食《く》らったのはカラミィの方だった。手を振りながら、令名を睨む。

令名もまた真っ向から受け止めて睨み返す。

「ああ、もう、さっさと帰ろう」

令は自ら二人の手を取り、強引に帰途《きと》への歩を再開した。内心でため息をつきながら。


「いつものことッスけど、ステキな格好してるッスねえ」

セラフの姿を上から下まで眺《なが》めながら、センジュは言った。

簡潔に表現すると、セラフはボンテージファッションに身を包んでいた。露出《ろしゅつ》の限界に挑戦《ちょうせん》するかのようなコスチュームをまとい、ふよふよと宙に浮いている。スタイルは男性の理想を受肉させたような代物《しろもの》で、セラフが何か動作をするたびに胸が揺れた。

「私の出身地では、これがごく普通《ふつう》の服ですのでね」

セラフは胸を張って言い返した。

「あなた方こそ、なんでそんな野暮《やぼ》ったい服を着てらっしゃいますの？」

余裕《よゆう》の笑《え》みをもって、二人を挑発《ちょうはつ》する。

もっとも、目を引くのは紐《ひも》のようなコスチュームだけではない。その背には巨大《きょだい》な黒い翼《つばさ》があり、その頭には大きくねじれた山羊《やぎ》のごとき角がある。いわゆる悪魔《あくま》の姿を、セラフはしていた。

「これは我が出身、八州《はっしゅう》の正装だ」

仮面を付けたままのマナが、一歩進み出た。

「野暮ったいなどと言われる筋合いはない。お主こそ羞恥心《しゅうちしん》というものはないのか！」

「フフ。正直に言ったらどうですの……？　このコスチュームを着こなせる私の身体がうらやましい、ってぇ！」

言い終わるか否《いな》かのうちにセラフは右腕《みぎうで》を振りかぶり、いきなり衝撃波をぶっ放した。

「……………！」

奇襲《きしゅう》を、センジュは右へ、マナは左へ跳《と》んで避ける。

「そこッ！」

反動で後退しながら、セラフは左手で第二波を放った。狙《ねら》うはマナの跳んだ先である。

「くうぅッ」

避けられないと判断するや、マナは再び怨霊を呼んだ。着地点の前面に怨霊を集め、盾《たて》とする。

衝撃波は怨霊の壁に激突し、勢い余ってアスファルトを抉《えぐ》った。アスファルトの破片《はへん》が飛び散る——が、その時にはマナは別の場所へ逃《のが》れ出ていた。

「追わすかッ」

センジュがひょいとシャツをめくり、背中を露出した。と、肌《はだ》に突然《とつぜん》切れ目が走り、四基のノズルが飛び出す。ノズルは熱気を吹《ふ》き出し――

助走をつけて、センジュは飛び上がった。

「のあああ――ッ！」

浮いた足の裏からも熱風を放ち、高く高く舞《ま》い上がる。センジュは右腕をまっすぐに伸《の》ばして拳《こぶし》を固め、セラフ目がけて一直線に飛んでいった。

死角からの突撃《とつげき》にセラフの反応は一瞬《いっしゅん》遅《おく》れたが、

「ちッ」

舌打ちとともに、両手をわずかにねじった。二条の噴出《ふんしゅつ》で保たれていたバランスが崩《くず》れ、セラフの身体はきりもみしながら急降下した。一瞬遅れ、セラフのいた空間をセンジュが突《つ》き抜《ぬ》けていく。

センジュはくるりと身体を回転させて針路を転換《てんかん》、目でセラフを追いかける。

既《すで》にセラフは体勢を立て直していた。下方から衝撃波を放つ。

「あつッ」

回避《かいひ》しようとしたが、わずかに遅かった。衝撃波はセンジュのすぐ横をかすめ、腕を持っていかれかける。

「さすが、速いッスね……！」

呟いて、センジュは横に展開しつつ、セラフへの接近を試みた。

「近寄らないでッ」

それを嫌《きら》って、セラフは次から次へと衝撃波を撃《う》つ。しかし、自分の体勢を保つ必要もあるため、速射はできない。

きっちりセラフを視界内にさえ収めておけば、直撃を避けるのは難しくない。一気に距離《きより》を詰め切って、センジュはセラフの両腕を捕《つか》まえた。

「ちょ！　離しなさい……！」

セラフはもがいた。が、腕力勝負となればセンジュの方が上だ。セラフの手をあらぬ方向に向けて直撃を避けつつ、動きを封《ふう》じた。

「マナ！　今の隙《すき》に加島を連れて行け！」

首をねじり、マナに命じる。

「任せよ！」

応じて、マナは車のそばに駆《か》け寄った。

両手両足を封じられていながら、加島は車外に脱出《だっしゅつ》していた。だが、逃走《とうそう》することまではできていない。マナは加島に取りつき、背中側から押さえ込んだ。

「一緒《いっしょ》に外界に来てもらうぞ……！」

マナの光輪が、高速回転を始める。回転速度が一定に達した瞬間、マナと加島の身体はゴムに引っ張られるかのように直上へと舞い上がった。スティクスを経由して外の世界へ飛ぶための助走である。

「逃《に》がさなくてよ……！」

突然、セラフの背中の羽根がぐわっとせり上がった。

「なに⁉」

センジュが目を見はるうちに、羽根はその形を変え、二本の巨大な黒い腕となった。大きく手を広げると、無理矢理センジュの身体をわしづかみにし、固定する。

「はあああ――ッ」

ねじ曲げられたままに手の平の方向を揃《そろ》え、セラフは衝撃波を全力噴出した。

「のあああぁッ⁉」

セラフの腕が交差していたため、ねじれの力が加わった。横回転しながら、二人の身体は地面と水平にすっ飛んでいく。

そしてその軌道《きどう》の先には、垂直上昇を続けるマナと加島がいた。

「ぐぬう⁉」

四人は激突した。

ショックで、マナもセンジュも思わず手を離す。

自由になった加島を、セラフが黒い腕を伸ばして奪還した。そしてほぼ同時に、

「せっ！」

続けざまに二発、衝撃波を放った。

「くそッ」

セラフの姿を見ないまま、センジュも背中のノズルを全力噴射《ふんしゃ》、マナの襟首《えりくび》を摑《つか》んで逃げた。

一瞬遅れ、衝撃波が突き抜けていく。

すぐにターンして、センジュは体勢を立て直した。セラフの姿を捜《さが》す——と、セラフは既に手の届かない距離にまで離れていた。

「今日のところは、加島の回収が目的ですのでね……」

余裕の笑顔《えがお》を、セラフはセンジュ達に向けていた。

「また会う時まで、ごきげんよう」

手の平をセンジュの方へ向け、セラフは加島を担《かつ》いだまま飛び去ってしまった。

追うべきか、とセンジュは一瞬《いっしゅん》思ったが、

「……ぐるじい……」

手元でマナがうめいていた。

「あっ。すまねッス」

マナの首が襟《えり》で締《し》まっていた。くいっと持ち上げて抱《だ》き、首を自由にしてやる。

「……セラフの攻撃から救ってくれたのは感謝するが、そのせいで死んでしまったら元も子もないぞ。うぐぐ……」

むせながら、マナはセンジュを責めた。

「悪かったッスよ」

謝りながらセンジュは噴出量を調整し、降下した。着地したところで二人ともハイロウを閉《と》ざし、現実世界へと帰還《きかん》する。

「やれやれ。任務失敗さな」

センジュの手の内から、マナはひょいと飛び降りた。

「まったく。あいつの羽根が腕になるなんて、初めて知ったッスよ。隠し腕があったとはね」

「奴が暴れ出すとなかなか止められんな」

センジュは調子悪そうに、右手を何度か開閉する。

「捕まえた時に、電撃《でんげき》で気絶させれば良かったのではないか？」

「それが理想だったんスけどねぇ」センジュは顔をしかめた。「あたし、二つ以上の機能を同時に使用すると、システムダウンしやすいんスよ。空飛んでる最中に電撃を出したら、まあ確実にあたしの方が気絶してたっスね」

「……使えぬ奴」

「言いたくないけど、ところどころに欠陥《けっかん》があるんスよ、あたしの身体。改造手術の途中《とちゅう》で逃げ出したから」

「……ま、ここでぶちぶち言っても仕方あるまい。そもそも悪いのは、安全に敵捕虜《ほりょ》を別世界に送るシステムを構築できていないペルセフォネ・アースではないか。ここで待ち伏《ぶ》せされたらどうしようもない、ってのは決定的な問題だぞ」

「晃一朗さんに陳情《ちんじょう》するしかないッスね。些細《ささい》なことだから、上が聞いてくれるかどうかはわからないけど」

「些細な穴でも、堤《つつみ》は崩れる。まあいい、一旦《いったん》研究所に戻《もど》るぞ」

「そうッスね」

二人は車に戻った。車は路肩《ろかた》からやや外れた位置で停止していた。


「やはり、セラフが来たのか」

秋島家にて、センジュとマナの話を聞き、カラミィは半ば納得《なっとく》するように頷《うなず》いた。

「セラフ？」

令の言葉に、カラミィが答える。

「僕達と同じ、同一存在」

「また、千夏のそっくりさんですか」

令名は半ば呆《あき》れ気味だった。

「ま、無限に並行世界が存在するなら、千夏も無限に存在するということなんでしょうけどね」

「でも、どうして千夏が僕達の敵なの」

問いかける令。

「何か不思議なことでも？」答えたのはマナだった。「同一存在だからといって、考え方まで皆《みな》同一なわけがあるまい。ハデスの野望に手を貸し、栄達を求めようとする千夏がいても、不自然ではなかろ」

「それは……そうかもしれないけど……」

冷たく言い放たれて、令は何も反論できなかった。

冷や水を浴びせかけられたような気分だった。「千夏」が必ずしも味方ではない、とは。

「戦うの、その……ハデスの千夏と」

「ま、そうなるッスね」

気軽な調子でセンジュが答えた。

「これまでも何度か戦ってきた相手だし。セラフがハデスの構成員である以上、機関員たるあたしらとしては、戦うしかないッスよ」

無言でカラミィも首肯《しゅこう》した。

「ハデスとの戦いは、不可避《ふかひ》なの」

「さよう」マナが言う。「奴らのやり口は、気に入らん。この世界は機関によって守られているからわからぬであろうが、ハデスに蹂躙《じゅうりん》された世界は、それはもう悲惨《ひさん》なものだぞ。奴らは力ずくで世界を支配下に収めることをためらわない。対象となった世界の住人達は、支配と戦って次々と死んでいく」

「それは、実体験なのですか？」

令名が問いかけると、マナは首を横に振《ふ》った。

「いいや……。儂《わし》の出身世界は、幸いにして機関とハデスの争いの影響《えいきょう》をほとんど受けてはおらぬ」

「受けやすい所と、受けにくい所があるんスよ」センジュが解説を加える。「スティクスの流れ上、出入りしやすい世界と、しにくい世界があるから。出入りしにくい世界だと、いざという時逃げられないから、ハデスの天使達もあまり表だっては動かないんスよ」

「そういう面では、この地球も同様」

カラミィがぽつりと言った。

「だが」とマナ。「儂は機関の天使として、様々な世界をわたり、ハデスの流儀《りゅうぎ》というものをいやと言うほど見てきた。加島が令をさらおうとした手口など、児戯《じぎ》にも等しい。ここが機関の勢力下だから、大がかりなことはできないのであろうが……ともかく、奴らの主義に共鳴することはあり得んな」

「そうなんだ……。だったら、なんでセラフはハデスに所属してるの？」

「知るものか。奴には奴の事情があるのかもしれん。だが、どんな事情があろうと、儂らの敵であることに代わりはない」

（そんなに簡単に切り捨てていいんだろうか）

個々それぞれに考え方も性格も異なるとはいえ、「千夏を敵に回す」とは、令にとってなかなかに受け入れがたい概念《がいねん》だった。心理的障壁《しょうへき》は高い。

どうにかならないものだろうか。令は思ったが、少なくともこの場で相談してどうにかなるものでもない。代わりに、別のことを何の気無しに尋《たず》ねてみた。

「えーと……、マナはなんで機関に所属しているの？　ハデスに追い立てられたってわけじゃないんだろ」

問われると、マナは黙《だま》り込んでしまった。

「あれ」気まずい表情を、令は閃《ひらめ》かせる。「聞いちゃ、悪かったかな」

「いや……。事情が入り組んでいて、どう説明したものかと考えていただけだ。簡潔に言うと、運良く機関に拾われたのよ」

マナは努めて無表情を装っていた。だが、聞かれたくないことを聞かれた、という気配がありありと漂《ただよ》っている。妙《みょう》な沈黙《ちんもく》が、室内を支配した。

「……やれやれ」

沈黙を破ったのはセンジュだった。立ち上がって、大きくのびをする。

「晩飯、もう少し先ッスよね？　だったら、ちょっと部屋に戻ってくるッス」

「今日もうちで食べる気満々ですか」

少し険しい顔で令名は言ったが、すぐに緊張《きんちょう》を解いた。

「ま、いいですけどね。みんなで食べた方が楽しいですし」

「どうもどうも」センジュは笑った。「令、ついてきてくれないッスか？　メンテの手伝いをしてほしいんスよ」

「僕に？　いいけど……」

令は立ち上がりかけた。

同時に、令名の表情が険悪なものに戻る。

「……令君と二人きりになるつもり？」

「取って食うわけじゃねぇッスよ」

センジュは令名に言った。

「ただ、あたしの基本機能について、令に知っておいてもらった方がいいと思って」

す、と手首に手を当て、スライドさせる。皮膚《ひふ》がぱっくりと割れ、その下から硬質《こうしつ》の輝《かがや》きが現れた。いかにも複雑そうな機構、腕に埋《う》め込まれたデバイスが顔を見せる。

「なんなら、令名も来るッスか？　いろいろと覚えてもらっておいた方が、あたしも安心なんスけど」

「……いえ、ごめんなさい」

機械音痴《おんち》気味の令名は、肩《かた》を落とした。

「……なんだい、これ」

センジュの部屋に入った瞬間、令は思わず足を止めた。

部屋の壁《かべ》一面に棚《たな》が作られ、ずらりとケースが並んでいた。様々なサイズのケースが、整然と並べられている。少なくとも、年相応の少女らしい部屋の眺めであるとは言い難《がた》い。

「あたしのパーツッスよ」

「いつの間に、こんなに持ち込んだの」

深江家には、半年前の千夏の葬儀《そうぎ》の際に手伝いで出入りしたのが最後だ。その時には、そもそもこの棚自体が存在しなかったはずだ。

「気づかれないよう、こっそり運び込んでたんスよ。ここに引っ越《こ》してくるのは、前からの決定事項《じこう》だったッスから」

ケースを一つ、センジュは選んで取り出した。部屋の中央に置いて、ぱかっと蓋《ふた》を開ける。

中に収まっていたのは、右腕だった。

「おわあ」

あまりのリアルさに、令はつい声を上げた。

よく見ると、腕の付け根、断面は硬質に輝いている。ジョイントとして装着するための凹凸《おうとつ》と、回路のような何かがある。だが、それ以外の部分は本物の腕以外の何物でもなかった。つつくと弾力《だんりょく》があり、血色もよい。

「掴《つか》んでくれる？」

令に対してセンジュはまっすぐに右腕を伸ばした。言われるままに令は右手を掴んで、軽く引っ張る。

左手でセンジュは自分の右腕と肩の付け根あたりを握《にぎ》り、ねじった。

スポン、とセンジュの腕が抜けた。

「ぬぐぅッ」

予期せぬ事態に、令は勢い余って転倒《てんとう》した。ゴスン、と壁に頭をぶつける。

「あらら。大丈夫《だいじょうぶ》？」

すぐに起きあがって、令は「大丈夫」と言い返した。

「悪いッスね、腕が抜けるって教えなくて」

言いつつ、センジュはケース内の腕を取り上げ、肩の付け根に差し込んだ。少しひねると、カチッと何かがはまる音がする。

「これで……」

センジュは右手の開閉を始めた。超《ちょう》高速で正確に十回。それから、腕ごとぐるぐると振り回し始める。

「ふんふん。本体側には問題ないらしい。だったら、腕を研究所に送り返すだけッスね」

新しい右手で、センジュは令の抱いている右腕を取り上げ、ケースにしまい込んだ。そしてケースを棚の隅《すみ》の方に押し込む。

「はあ……交換《こうかん》できるんだ」

令はセンジュの右腕に顔を寄せた。それはまさに右腕だった——ついさっきまでケースに収まっていた「物体」とは思えない。

「その通り」センジュは認めた。「あたしは改造人間だから、ほぼ全身のパーツが替《か》えがきくんスよ」

「ってことは、これら全部替えのパーツなの？」

令は棚にみっしり詰《つ》まったケース群を見上げた。

「そうなんスよ」

「予備にしては、多すぎると思うけど」

「予備だけじゃないッスよ。目的に応じた機能付きパーツも用意してるッスから」

言いつつ、センジュは一つケースを選んで取り出した。

「例えば、これ」

ケースの蓋をぱかっと開けると、

「おわッ」

またもや令は声を上げた。

ケースの中に入っていたのはおっぱいだった。

より正確に言うと、胸部前面、表面部が収まっていた。上は鎖骨《さこつ》から下はみぞおち直上までの幅《はば》、両横は脇《わき》の下まで。胸の部分にはめ込むパーツらしい。

「これは、胸部カメラ」

「カメラ……？」

センジュの説明を受けて、顔を赤くしつつも令はおっぱいを凝視《ぎょうし》した。

よーく見ると、乳頭の部分に違和感《いわかん》がある。

（これは……）

触《さわ》って確認《かくにん》してみたい。しかし触っていいものか？

令は悩《なや》んだ──宙に右手をさまよわせたまま。

「触ってみたかったら、いいッスよ」

気を回して、センジュが許可を出す。

「いいの……？」

と言いつつ、令は指を伸ばしていった。

じりじりと距離を詰めて、慎重《しんちょう》に触《ふ》れると――

「ひゃうん」

センジュが悲鳴を上げた。ビクリ、と令は手を引っ込める。

「あはは」センジュは笑った。「冗談冗談《じょうだん》。装着してないのに感じるわけないじゃないッスか」

「というか――」

センジュの声に目を丸くしていた令だったが、落ち着きを取り戻すと、自分の指先と乳頭部分を交互《こうご》に見比べた。

「固いよ。まさか、ここにカメラが仕込まれてる？」

「その通り」センジュは認めた。「盗撮《とうさつ》用に使ったりするんスよ」

「……胸に盗撮カメラを仕込む必然性がよくわからないんだけど」

「あたしもッスよ。研究所の人ら、趣味《しゅみ》でわけのわからないものを作るから」

「研究所……」令はふと気づいた。「それって、機関の研究所ってこと？」

「そッス。機関が、あたしの予備パーツを作ってくれてるんスよ。アイソートの――アイソートってのは、あたしの出身世界のことッスけど――技術をトレースして、いろんな機能拡張ができるようになってる。ちなみに、乳首《ちくび》でラジオのチューニングができるパーツもあるけど、見るッスか？」

「いや、別に」

令は首を横に振った。

「というか、チューニングって……」

「身体《からだ》の中に受信機も入ってるんスよ。あたし、電波を受信できるんだ」

「……そう言うと、なんかヤな感じだね」

令は苦笑《くしょう》混じりに言った。

「でも、全身どこまでもパーツ交換できるってわけじゃないでしょ？」

「まあね。エンジンとシステムだけは、替えが利《き》かない」

センジュは胸の真ん中に手を当てた。

「この下に、アイソートエンジンが入っている。アイソートの大気を取り込んでエネルギーに変換《へんかん》するって代物《しろもの》ッスよ。今はスティクス粒子《りゅうし》が代替物《だいたい》になってるッスけど」

「大気からエネルギーを取り出す？　エコロジー……って言って、いいのかな」

「どうスかね。エンジンはアイソートの人間だけにしか作れないんスよ。夢のエネルギーとして活用することは、今のところはできてないみたい」

「ブラックボックスってことか」

「そう。エンジンと、システムの一部がブラックボックスになってるんスよ」

「システムも？　って、システムって……」

「コンピューターのOSのようなものと思ってもらって差し支《つか》えないッスよ」

自分の首の裏あたりを、センジュは叩《たた》いた。

「あたしの思考を受け取って、体内の各機構を総合的に作動させるシステムも入ってる。ただあたし、システムをまだ使いこなせてないんスよね」

「そうなの？　随分《ずいぶん》立派に戦えていたと思うけど」

先日のことを思い出しながら、令は言った。

「その……」センジュは頭をかいた。「あたし、改造手術の途中で逃げ出したもんで、マニュアル的なものを持ってないんスよ」

「……マニュアル……？」

「そう。取扱《とりあつかい》説明書」

「……意味がよくわからないんだけど……」

「イヤだなあ。どんな優《すぐ》れた機械も、マニュアルがなかったら購入《こうにゅう》者が使用できないじゃないッスか」

「いや、そりゃそうだけど……」

と言いかけて、令はセンジュのある言葉に気づく。

「……購入者？」

「あたしの出身世界は、秘密結社ヴェルダーって奴《やつ》らに牛耳《ぎゅうじ》られている。秘密結社っても、みんな知ってるんだけどね。そいつらは、人間を改造、洗脳して兵隊に変えて、世界を支配している。こいつらはハデスともつながりを持っていて、自前で製作した改造人間をハデスに売ってるんだ」

センジュの口調はいつも通りに軽い。だが、

（……恐《おそ》ろしいことをさらっと言われたような気がする）

令は内心で冷や汗《あせ》を垂らした。人体実験、改造と、人身売買。異界では、そんなことがごく普通《ふつう》に行われているというのか。

「つまり、センジュも一歩間違《まちが》っていたら、どこかに売り飛ばされてたっていうの」

「そういうこと。自我を失って、命じられるままに人を殺す機械としてね。でも、レイが命がけであたしを逃《に》がしてくれた」

「……僕が？」

「アイソートの令が、ってことッスよ」

センジュが補足説明した。

「ああ、そうか」

今更《いまさら》ながら、令は気づいた。各世界に千夏の同一存在がいるのなら、令の同一存在だっているということになる。

「そっちの僕は、どんな奴なの」

「天才科学者だったッスよ。ヴェルダーに目をつけられるほどにね」

「………」一瞬、令は言葉に詰まった。「そっちの僕は、悪の組織に手を貸してたのか」

「別に令が責任を感じることじゃねえッスよ」

センジュは令の肩を叩いた。

「それに、あっちのレイも好きでヴェルダーに荷担《かたん》してたわけじゃない。家族を人質《ひとじち》に取られて、いやいや働いていたんだ。でも、あたしを改造する段になって、とうとう反逆を決意した」

「改造だけ施《ほどこ》して、洗脳をする前に逃がしたってことか」

「そう。レイは命を賭《か》けてあたしを助けてくれた。多分、既《すで》に殺されているんだろうと思う」

「………」

また も、令は言葉を失った。

「だから、あたしはハデスと戦ってるんスよ。あたしをこんな身体にしただけじゃない、レイを殺した奴らを許すわけにはいかないから」

真剣《しんけん》な顔で語る――が、不意に表情を崩《くず》して、

「ま、あたしの取り扱いマニュアルを回収したいってこともあるんスけどね」

笑いを誘《さそ》うように付け加えた。

（なんと言ったものやら……）

それだけの過酷《かこく》な経験、苦しみや悲しみをセンジュは味わってきたのか。外見からは、およそ想像もつかないことだった。

「そんな深刻な顔されても困るッスよ」

令の肩を掴《つか》んで、センジュは大きく揺《ゆ》さぶった。

「あわわわわ」

予想外の強さで揺さぶられて、令は慌《あわ》てた。体勢を崩して、気がついたらセンジュの胸の内に飛び込んでしまっていた。

「悪いことばかりじゃないッスよ。改造されたおかげで、今こうして令を守ってあげることができるんスからね」

腕を背中に回して、センジュは令を抱きしめる。

しばしの間、令は抱かれるがままになっていた――が、やがてセンジュの腕をほどきにかかる。

「僕は、センジュの――センジュ達に守られるだけの価値がある人間なのかな」

「どういうこと？」

「僕は、センジュの知っている令じゃないもの」

「ああ……」

言われると思った、とでも言いたげに、センジュは苦笑《くしょう》した。

「それは謝るッスよ。あたしの知っているレイと君とは、別人だもの。代わりだと思われたら、そりゃ怒《おこ》るよねえ」

「いや、そうじゃなくて……」

令は頭をもたげた。

「怒るだなんて、とんでもないよ。ただ、その……僕が何もせずに、君達から守られていいものか、と思って。僕は、君を助けたレイじゃないのに」

センジュは後頭部に手を回した。どう言ったものか、悩んでいるようだった――が。

「そんなことは関係ねえッスよ」と言い切った。「むしろ、満足してるかな」

「満足？」

「これは、レイに受けた恩義を令に返せるチャンスだって思ってるよ。ま、二人は別人なんだから、ただの自己満足だけど。でも少なくとも、あたしは君を守るという任務につけたことを、歓迎《かんげい》してるッスよ。だから、引け目は感じないでいい」

「そう……なのかな」

「そうそう」

気弱そうに呟《つぶや》く令の背中を、センジュは力を込めて叩いた。

「うぐッ」

声を漏《も》らす令を見ながら、立ち上がる。

「あたしだけじゃない、カラミィもマナもそう思っているはずッスよ。二人とも、それぞれの世界のレイと幼なじみだったみたいッスから」

「ああ……並行世界って、存在だけじゃなくって、関係性も同じなんだね」

「その世界の成り行きにもよるけどね。でも、基本的には同一性を保持しようとするみたいッスよ」

「でも、完全に同一じゃないんだね。人の生き死にも含《ふく》めて」

センジュの世界では令が死に、この世界では千夏が死んでいる。並行世界だからといって、人の運命までもが同じ結果になるわけではないのだ。

「逆は、どうッスか？」

「逆、とは」

「その……あたしらが来たことで、亡《な》くなった千夏が帰ってきた……という風には、思えない？」

控《ひか》え目な口調で、センジュは尋ねた。

「……う〜ん。そう言われると……」

三人とも、深江千夏その人ではない。別々の個性を持つ別人だ。けれども、その横顔、その仕草などにふと千夏との共通性を見出《みいだ》した時、令はどきりとする——やはり、千夏の面影《おもかげ》を見出さずにはいられない。

「たしかに、そうだねえ。完全に切り離《はな》して考えるのは、ちょっと無理かも」

「多かれ少なかれ、あたしらもそんな気持ちなんスよ」

「なるほどね。……カラミィやマナにも、センジュみたいな経歴があるのかな」

「まあ、そースね。知りたいッスか？」

「……知りたいか知りたくないか、と言われれば、知りたい」

令は慎重に言った。

「でも、聞いて教えてくれるかなあ」

カラミィは不必要な言葉を語りたがらないという印象がある。マナに至っては常に敵意をぶつけられているような気がする。プライベートな話を尋ねて、答えてくれるのかどうか。はなはだ疑問だ。

「とりあえず、マナにはいい手があるッスよ。食べ物で釣《つ》ればいい」

意外なことを、センジュは言った。

「食べ物？　本当に？」

「まあまあ、騙《だま》されたと思って」

と言いつつ、センジュはある食べ物の名を令に教えた。

コンビニから戻《もど》ってきた令は、マナの姿を捜《さが》した。

「やあ、マナ……」

夕食のため、マナは秋島家で待機していた。リビングの液晶《えきしょう》テレビの前に鎮座《ちんざ》し、かじりつくように画面に見入っている。

「アニメ見てるの？」

テレビではアニメが流れていた。

「さよう」画面を凝視したままマナは答えた。『天空要塞《ようさい》グリーンアーク』とかいう番組だ。この世界の技術は大したものだな。このようなものが家庭でお手軽に見られるとは」

「あー」

かわいいところもあるじゃないか、と思いながら令は説明した。

「声が出るけど、別に中に人が入っているわけじゃないよ？」

気《き》を利かせて言ったつもりだったが、

「儂《わし》を馬鹿《ばか》にしておるのか」

つまらなそうにマナは言い返した。

「こんな薄《うす》い額のような物の中に人が入っているわけがあるか。何をわかりきったことを」

「…………」

（馬鹿にしすぎたらしい）

内心、令は反省した。

「儂はこの世界に来たばかりではないのだ。家の上に立っているアンテナとやらが電波とやらを受信して、電波にこめられた情報をこのテレビが出力している、ということくらいわかっておる。ま、目に見えぬものの存在を信じよとは難しい話だが……」

ある意味、センジュとは対極の位置にいるようだ、と令は思った。センジュなら、テレビ電波を受信して表示するボディパーツを持っているかもしれない。

（…………）

センジュとテレビを合体させた姿を想像して、令は眉《まゆ》をひそめた。

すんすん、とマナは鼻を鳴らした。それから、初めて令の姿を見やる。

「お主、何を持っておる」

睨《にら》まれて、令は少々すくんだ。が、怯《ひる》んでいるのを努めて隠《かく》し、手に持った紙袋《かみぶくろ》からあんまんを取り出す。

「コンビニで買ってきたあんまんだよ」

センジュに言われたことを、令は実践《じっせん》しようとしていた。

「マナにあんまんを与《あた》えるといい。面白《おもしろ》い反応を示すッスよ」

だが、いかなる反応を示すのかまでは教えてくれなかった。実行してみるより他《ほか》にない――

ということで、ひとっ走りコンビニに行ってきたのだった。

「おや」

リビングにカラミィが入ってきた。令は振《ふ》り向いて、

「あんまん食べる？　人数分買ってきたんだけど」

あんまんを差し出す。

カラミィは妙《みょう》な反応を示した——渋《しぶ》い顔をしたのだ。

「あれ」令は首を傾《かし》げる。「あんこ、嫌《きら》い？」

「いや、別に……」

渋い表情のまま、カラミィはあんまんを受け取った。

そして、意外なことを言った。

「あんまんが嫌《きら》いなのは、マナの方だ」

「へ？」

令は咄嗟《とっさ》にマナの方を振り向いた。

「あんまんをよこせ」

マナは令に向かって手を伸《の》ばしていた。

「そろそろ、食わねばならんと思っていたところだ」

「えーと、その……」

混乱して令は立ちすくむ。

令の態度にイラッとして、マナは立ち上がると紙袋からあんまんをもぎ取った。そのままの勢いで、豪快《ごうかい》に嚙《か》みつく。

もさもさと咀嚼《そしゃく》して、飲み込んだ。それから約三秒後——

「おえええええ」

マナは思い切りえずいた。

「ちょっと！」令は驚《おどろ》いて声を上げた。「大丈夫なの⁉」

「……大丈夫……」

心配無用、とばかりマナは手の平を突《つ》き出した。

大丈夫なようには、まったく見えなかった。嫌いなものを食べたなんてレベルではない。賞味期限切れの牛乳を誤飲したかのような拒絶《きょぜつ》反応だ。

「大丈夫って、泣いてるじゃないか。まさかあんまん、腐《くさ》ってた？」

あんこが腐ることなんてあるのだろうか、と思いながらも、令はそう言った。

「問題ない……」

涙《なみだ》を流しながら、マナは声を絞《しぼ》り出した。

「あんまんにはなんの問題もない」

「いやだって、その反応は尋常《じんじょう》じゃ、——」

「問題ないと言っている！」

自らの言を証明するかのように、マナは再び饅頭《まんじゅう》に嚙みついた。そして、

「おええええ」

またもえずいた。

「放っておくといい」

マナに近づこうとした令を、カラミィが肩《かた》を摑《つか》んで止めた。

「いつものこと。僕達も何度も止めたけど、改める気配がない。好きなようにさせるのが吉《きち》」

そう言われると、令としても傍観《ぼうかん》せざるを得なかった。

冷や汗と涙を流し、苦悶《くもん》の表情を浮《う》かべながら、マナはとうとうあんまんを食べきった。よっぽどつらかったのだろう、その場にこてっと倒《たお》れて横になる。

「水を持ってこよう」

あきれ顔を装いつつ、カラミィがキッチンに向かった。

「…………」

どうしたものか、令は途方《とほう》に暮れて黙《だま》り込んだ。

「……これは、霧夏《きりか》の供養だ」

不意に、マナがか細い声を出した。

「大丈夫《だいじょうぶ》？」

マナが身を起こそうとしたので、令は手伝った。

「命を賭けて、儂《わし》を八州から逃がしてくれた友がおる。あやつの好物があんまんだったのよ」

そう語るマナの顔は苦しげだった。過去の苦い記憶《きおく》がそうさせるのか、それともあんまんがまだ尾《お》を引いているのか。

「儂の無能が、霧夏を死なせた。故《ゆえ》に霧夏への供養と、自分への罰《ばつ》を兼《か》ね、あんまんを食べるようにしている。できるだけ毎日」

「……前にあんまんを食べたのは、一月《ひとつき》くらい前だったと思うけど」

水の入ったコップを片手に、カラミィが戻ってきた。

「努力目標だ」

マナは乱暴にコップを取り、一息に飲み干した。

「霧夏とは唯一《ゆいいつ》、味の好みだけが相容《あいい》れなんだ。あんまんなどというクソまずいものを、何故《なにゆえ》一度に十個も二十個も食べられたのか。今もって信じられぬ」

「仲、良かったんだね」

「おうよ。将来的には一軍を統《す》べる将となってもらうつもりだった」

「……一軍の将？」

「真名大塔《しんみょうのだいとう》とは、八州を統べる護国大将軍家でな。こう見えても儂は、国家元首の娘《むすめ》よ」

「……マジで？」

思わず令は目を瞬《またた》かせた。

「嘘《うそ》ではない。なんなら晃一朗に確かめればよかろ。もっとも、なんだかんだで八州を追われ、今ではなんの後ろ盾《だて》も持たぬただの人だがな」

「へえ……言われてみれば、貴人の気品があるような」

「今更へつらっても、何もやらんぞ」

マナは令を睨んだ。

「ちなみに、八州のお主は幕府の重鎮《じゅうちん》に収まっておる。本来ならば、儂もいたはずの地位にな」

「え!? そうなの?」

一瞬《いっしゅん》令は喜びかけたが、すぐに感情を引っ込めた。

マナは厳しい口調で言った。

「儂は八州のお主に見捨てられた身だ。だからお主の顔を見るとどうにも腹が立つのよ」

「……それはお門違《かどちが》いというもの」カラミィが口を挟《はさ》んだ。「そっちの令とこっちの令は別人」

「わかっておるわ、そんなこと」マナはますます不機嫌《ふきげん》になる。「過去については、割り切ったつもりでおった。それでも令の顔を見るとどうにもいらつく。そんな自分に腹を立てておるのよ、この儂は」

「つまり」令は言った。「僕はとばっちりを受けているだけ、ってことでオーケー?」

「そういうことだ。だから、儂がお主に対して素《そ》っ気《け》なかったり、悪意を向けていたり、恨《うら》みのこもった目で睨んでいたりしても、お主の責任ではないから一切《いっさい》気にすることはない」

冷たい口調で、マナは言い切った。

「気にするなと言われても無理なんですが……」

「フン」

鼻を鳴らして、マナはそっぽを向いた。

センジュのあんまん作戦のおかげで、マナとの間を隔《へだ》てる壁《かべ》が一枚無くなったような気がした。もっとも、その壁の向こうには、もっと厚い壁がそびえているようだが。

令はため息をつくしかなかった。

「マナは素直《すなお》な人間じゃない。ま、気長に構えること」

令の隣《となり》で、カラミィはあんまんを食べていた。

「おいしいね、これ」

満足そうな笑顔《えがお》をカラミィは見せていた——が、不意に顔が陰《かげ》る。

「……夕食前のおやつの食べ過ぎは許しませんよ？」

振り向くと、令名が壁の陰から顔を半分だけ出していた。

カラミィの驚き顔を見ると、満足げににやりと笑って、キッチンの方に戻っていった。

「こっちにも素直じゃない人間が一人……」

角川スニーカー文庫
スニーカー文庫20周年おめでとう!!
黒猫の愛読書
-THE BLACK CAT'S CODEX-
BIRTH YEAR!
20th
スニーカー文庫
著・藤本圭 イラスト・Dite
69
Sneaker's Bookmark on New Wave

角川スニーカー文庫

Sneaker's Bookmark on New Wave

妙な顔をしながら、カラミィは小声で呟いた。令は肩をすくめた。


「よお」

翌日、学校にて。

廊下《ろうか》で声をかけられて、令は振り向いた。

すぐそこに、加島が立っていた。

「うわっ！」

本能的に、大きく飛びすさっていた。と同時に、令名が間に割り込み、立ち塞《ふさ》がる。

「また令君を奪《うば》いに来たのですか……！」

「……落ち着いて」

ところが、カラミィはぼーっと突っ立ったままでいた。それどころか、無防備に加島に近づくと、軽く肩をポンと叩《たた》く。

「この加島は、味方」

「この加島……？」

その言い方に、令は悟《さと》るところがあった。令名も、わずかに緊張《きんちょう》を解く。

「ひょっとして、どこかの別世界から、機関が加島さんの同一存在を連れてきたってこと？」

「ご名答」

加島が拍手《はくしゅ》してみせた。

「機関の構成員、トール・カジマーだ。本来の加島徹《とおる》の穴埋《あなう》めとしてやってきた」

「運が良かった」カラミィが続ける。「機関にも、加島の同一存在がいたから。さしあたり、彼が加島の不在をごまかしてくれる」

「それは……いいんだけど」令はあることに気づいた。「えーと、ハデス所属の加島さんが、本物の加島さんのふりをして学校に潜入《せんにゅう》してたんだよね。となると、本物の加島さんはいまどこにいるの」

「わからない」カラミィは認めた。「唯一はっきり言えるのは、ハデスがさらって、どこか別の世界に放り込んだんだろうということ」

「放り込む……？」

「この星の住人は、無色《カラーレス》だから」

説明を、カラミィは始めた。

「スティクスの流れの内にある世界には、それぞれなにかしら特別な力が存在する。僕の魔法《まほう》とか、センジュの世界のアイソートエネルギーとか、マナの怨霊術《おんりょう》とか。でも時々、これといった特別な力がない世界が存在する。ここ、地球みたいな。そのような世界出身の、異能を持たない人間のことを無色と呼んでいる。異能持ちと区別するために」

「色が無い、か。なるほど」

令は得心した。

「でも、無色がすなわち無力なわけじゃない。無色の人間は、よその世界に放り込まれると、その世界の力に染まって、異能持ちになる」

「おまけに、そういう手順を踏《ふ》むと、かなり強力な力を手に入れる」

加島──カジマーが続けた。

「まるでその世界で何十年も訓練してきたかのような熟練者に、簡単になっちまうんだよ。一度スティクスの河をわたった無色は。即戦力《そくせんりょく》ってやつだな。ハデスの奴《やつ》らは、兵隊を増やす手段として、そういう手も使ってんのさ」

「それは……ハデスの連中にとっては、花見州は狩《か》り場ってこと?」

「そういうことになる。だから、機関はここに出張所を置いた。人々をハデスの手から守るために」

「だが、ハデスの奴らも完全にあきらめているわけでもない。使い魔《ま》使いの加島みたいに、こっそり替《か》え玉を送り込んで機関の目をくらますということもやってくる」

「…………」

(何も言えなくなるようなショックを受けるのは、何度目だろう)

令は思った。カラミィ達は、次から次へと令の知らなかった世界の実態をつきつけてくる。

今まで完全に真っ平ら、びくともしなかった大地が、実は廃屋《はいおく》の腐った床《ゆか》程度の強度しかなかったと気づかされたようなものだった。あまりにも危《あや》うい立場の上に、それと知らず立ち続けていたのだ。

「とにかく、この人は信頼《しんらい》していいのですね」

カジマーを見ながら、令名はカラミィに言った。

「学校における令の防衛を手伝ってくれる。何かあったら、頼《たよ》るといい」

「任せてくれ」

カジマーが手を差し伸べる。令がその手を握《にぎ》ると、カジマーは一杯《いっぱい》に力を込めてきた。痛いくらいだったが、令はどうにか表情を隠し通す。

「この手の仕事は不慣れなんだがな。だが、全力を尽《つ》くさせてもらう」

「……他《ほか》の世界で別の仕事についていたんですか？」

「ああ。泥沼《どろぬま》の底をはいずり回るような仕事ばっかりな。泥の臭《にお》いがしみついちまった身の上なんで、この世界で人の目を引かないか心配で仕方ねえ」

自嘲《じちょう》気味の口調で、カジマーは言った。

（……妙にすれている……）

見た目には十八歳相応の外見をしているが、その目つき、物腰《ものごし》、落ち着き払《はら》った態度は、その二倍くらいの年齢《ねんれい》の人間を思わせた。この年でよほどの苦労を重ねてきたのだろう、と人に悟らせる雰囲気《ふんいき》を持っている。加島とそっくりなようで似ておらず、別人のようで似ている。

慣れない違和感《いわかん》だった。

「なにか、見分ける方法はありませんか」令名が問う。「見た目、あっちの加島さんとうり二つじゃないですか」

目の前のカジマーと、使い魔使いの加島。顔つきだけでなく、体形もそっくりだった。

「匂いで区別するのも難しいでしょうし」

令名は鼻を鳴らした。

「おいおい。泥臭《どろくさ》いって言ったのは冗談《じょうだん》だよ」

カジマーは声を殺して笑った。不思議とさまになっている。

「君らと会う時はまず、俺の力を見せることにしよう」

すっと人差し指を突き出し、令達の眼前に差し出す。

と——指先から、水がピューと出た。

「俺の世界じゃ、誰《だれ》もが指先から水を出せるんだ」

「…………」

かなりしょうもない能力ですね、と言いたくなるのを、令は必死でこらえた。

「泥の臭いはしないから、安心してくれ。ハイロウを開けたら、もっと派手に出せるんだがな」

カジマーは指をほぼ真上に向けた。水流は放物線を描《えが》いて再降下、大きく開けたカジマーの口の中へと収まる。

「怪《あや》しいと思ったら、『指から水を出せ』と言えばいい。出せなかったら、ぶん殴《なぐ》るんだ」

「……少なくとも、学校では、脱水症状《だっすいしょうじょう》の心配をしなくていいみたいね」

令名は短く感想を述べた。

「指先から水……」

学校からの帰り道で、令は弘毅にカジマーの水芸のことを伝えた。

「そうそう。あっちの加島さんとこっちの加島さんを見分ける唯一の方法だから、教えておいた方がいいと思って」

きっと弘毅は強く興味を示すだろう、と思いきや、

「ふ〜ん……」

返ってきたのは、どうでもいい、という感じの気のない声だった。

「あら？　意外な反応ですね」

令名も令と同様に感じたのだろう、弘毅の顔をのぞき込む。

「いや……今日はちょっと調子が悪いもんで」

張りのない声で、弘毅は答えた。

「調子が悪い？」

ちょっと考えて、令は問いかけた。

「あんまんでも食べた？」

「……あんまんだと？」

さすがに、弘毅は眉をひそめた。

「いや、ごめん、なんでもない」

（つまらない冗談を言うべきじゃなかった）

令は自省した。

その時——

「……みんな」

唐突《とうとつ》に、カラミィが足を止めた。

そして、足下《あしもと》に光輪を発現させた。

「いきなり何を——」

地面からの光に、令も令名もぴたりと立ち止まった。前方を見やって、カラミィの行動の理由を知る。

一同の前方は、十字路になっている。六車線同士の道がぶつかる、大きな交叉点《こうさてん》だ。この交叉点を直進、横断歩道を越《こ》えるのが令達の帰宅ルートなのだが——

横断歩道を渡《わた》った信号機の直下に、一人の少女が立っていた。

足首までを隠す地味なワンピースと眼鏡《めがね》、大きな帽子《ぼうし》を着用した、あまり目を引かない人影《ひとかげ》だった。

だが、よく見れば、眼鏡の奥のその顔は、千夏に似ていた。

「弘毅」鋭《するど》い声でカラミィは命令を下した。「令名を連れて逃《に》げて」

突然《とつぜん》のことに、弘毅は立ちすくむ。

「ここは敵の射程距離《きょり》内。急いで！」

急《せ》きたてるようにカラミィは叫《さけ》ぶ。

弾《はじ》かれたように、弘毅は動いた。令名の手を取り、横手の細い道に突っ込んでいく。

「ちょっと！」

手を引かれながら、令名はカラミィに声を投げた。

「令君は……⁉」

「僕が守る！」

断言して、カラミィは光輪を上昇《じょうしょう》させた。スティクス・ハイロウはカラミィの頭上に鎮座《ちんざ》し、カラミィの手元にはライフル——マジカルステッキが現れる。

マジカルステッキを構えると、カラミィは横断歩道の向こうに向けて三連射した。

「いきなり⁉」

令が驚いている間に、弾丸《だんがん》は横断歩道を越えていく。

標的となった少女は、横手の茂《しげ》みに突っ込んだ。まるで撃《う》たれるのを予期していたかのような、素早《すばや》い動作だった。的を失った弾丸は、はるか遠くへと飛んでいく。

「まさか、あれは……！」

令が声を出すと、カラミィは頷《うなず》いた。

「セラフが来た……！」

直後、世界が変転した。

大地が黄昏《たそがれ》の光に覆《おお》われる。スティクスの岸辺に、令とカラミィは突入《とつにゅう》していた。

前方に目をこらす令。

少女の飛び込んだ茂みから、何かが真上に飛び出した。

「あれは……！」

その「何か」を視認《しにん》して、令は動揺《どうよう》した。

「お久しぶりですわね……センカ・ザ・カラミティ！」

頭上に光輪を載《の》せた天使、セラフィーヌ・ンガイア・カークリノーラスが、両手から衝撃波《しょうげきは》を噴出《ふんしゅつ》しつつ浮遊《ふゆう》していた。頭には角、背には黒い翼。さっきまでとはまるで別人だ。

「そして、初めまして……秋島令君」

うっとりとした笑顔《えがお》で、セラフは令に言葉を贈《おく》った。

「というか、なんて格好してんの……！」

令が慌《あわ》てたのは、主としてセラフの衣装に対してだった。令のごとき少年にとっては、おおよそ正視しがたい、露出度《ろしゅつど》の限界に挑戦《ちょうせん》したコスチュームである。目のやり場に困らざるを得ない。

「見た目に惑《まど》わされないで」

カラミィが警告を発する。

「あいつの衝撃波を食《く》らったら、ただでは済まない」

「失礼なことをおっしゃるのね、カラミィ」

カラミィの発言を聞きとがめ、セラフが言う。

「令君は、私達が迎《むか》えるべき大切な存在。髪《かみ》一本たりと傷つけるわけないでしょう？」

それから令を見つめて、

「ねえ令君？　おとなしく私と一緒《いっしょ》に来て下さらない？　そうしてくれると、助かるのですけれど……荒《あら》っぽいことをしなくて済むので」

胸の谷間を強調しながら、誘《さそ》うような言葉をかけてくる。

「そ……そうは、いかないよ」

反論しつつ、令は視線を逸《そ》らした。

「僕は、君達の言いなりにはならない。力ずくで僕をさらいに来るような連中には」

「あら。随分《ずいぶん》ウブな反応ですね。カワイイこと」

いたずらっぽい笑みを、セラフは浮かべた。

「そっちのセンカ達から、色々あることないこと教え込まれているのでしょう？　嘘八百《うそはっぴゃく》ばかりでしてよ……私達、ハデスはあなたを最重要人物として迎え入れますわ。望みはなんでも叶《かな》えて差し上げましてよ」

髪をかき上げ、胸を揺《ゆ》らす。

「なんでも……？」

一瞬令の心はぐらつきかけたが、

「嘘八百はそっちの方」

素早くカラミィが言い返した。

「組織の都合のいいように使われるだけ使われて、役に立たないと判断されたら捨てられる。あなたこそ、どうしてハデスの下についているのか、理解しかねる」

二人はにらみ合った。無言の敵意が交錯《こうさく》する。

令としては、にわかに判断しがたいところではあった。ハデスの実体を自分の目で見たことがない以上、カラミィの言もセラフの言も、信憑性《しんぴょうせい》においては同等である。

だが、厳然たる事実として、ハデスは令をさらおうとしている――令の意志を問わずに。自分の自由意志を認めてくれている機関を蹴《け》って、ハデスのもとに行くなど、あり得ない話だ。

「大丈夫。ほいほいついて行ったりはしないよ」

令はカラミィに意思表示し、カラミィの背後に立った。

首を小さく回して、カラミィは頷いた。それからセラフに向き直る。

「だそうなので、お引き取り願いたい。……それとも、僕ごと令を吹《ふ》き飛ばす？」

「衝撃波を食らってバラバラになるのは……」

横手に身体《からだ》を流しつつ、セラフは右腕《みぎうで》を振《ふ》りかぶって、

「あなただけでしてよ、カラミィ！」

容赦《ようしゃ》なく衝撃波を放った。

「…………！」

令に体当たりを仕《し》掛《か》けるような格好で、カラミィは飛んだ。

「ムグッ」

不意の体当たりを食らって、悲鳴を上げる令。だがそれでもカラミィの意図を理解して、抵《てい》抗《こう》せずに吹き飛ばされる。一瞬遅《いっしゅんおく》れて、衝撃波が斜《なな》めに通り抜《ぬ》けていった。カラミィのいたあたりを狙《ねら》いつつ、令には直撃しないというコースだ。

（よっぽど僕は価値ある存在らしい）

地面に身体を打ち付けながら、令はそう悟った。

カラミィはすぐに体勢を立て直し、セラフを目で追って、銃撃《じゅうげき》した。

魔法の弾丸を、セラフは滑空《かっくう》して避《さ》けていく。いや、避けるまでもない――カラミィの狙いは、明らかにセラフという的を大きく外していた。弾丸は立木の幹、高架《こうか》の側面などに突《つ》き刺《さ》さる。

(さすがに、百発百中とはいかないのか)

軽い失望を、令は覚えた――が、次の瞬間、自分の考えが足りなかったことを知る。

木の幹から、高架の側面からアサガオのつるが生えてきて、セラフを搦《から》め捕《と》りにかかった。

「これだからッ!」

よく反応して、セラフはつるを衝撃波で迎撃《げいげき》した。アサガオは開花することなく、あっさりと吹き飛ばされ、朽《く》ちていく。

しかし、衝撃波はセラフの姿勢を制御《せいぎょ》する力でもある。不意の防御行動を取ったため、セラフの身体が空中で泳いだ。

泳いだところへ、カラミィは三連射を撃ち込む。

「いやらしい攻撃《こうげき》ですこと……!」

セラフは正面と真横に衝撃波を放った。魔弾《まだん》を迎撃しつつ、斜め後方へと逃《のが》れ出る。

真っ向からの衝撃波に、魔弾はやや威力《いりょく》を減じた。わずかに速度がゆるみ、そのわずかな差でセラフを捉《とら》え損《そこ》ねる。

「令を連れては行かせない……！」

カラミィはさらに乱射した。セラフの周囲に弾《たま》をばらまき、もう一度アサガオのつるで取り込みにかかる。

セラフは避け、あるいは迎撃して、つるに手足を取られるのを防ぐ。しかしその代償《だいしょう》として、徐々《じょじょ》に令からの距離は離《はな》れていく。

（そこまで考えながら、弾を撃っているのか）

令は感心した。明らかに戦い慣れているという雰囲気を、カラミィはまとっている。

と――カラミィは、わずかにライフルを下ろした。

「……どうしたの？」

「おかしい……」

令の問いかけに、カラミィはセラフを視線で捕《つか》まえつつ答えた。

「セラフ、手を抜いている」

ろくに照準も合わせず、カラミィは適当に三発撃った。意図らしい意図の感じられない、ほとんど無意味な銃撃だ。セラフからすれば、反撃に出るのは容易だったろう――が、セラフは攻撃を回避《かいひ》するばかり、こちらに向かってこようとはしない。

「品性のいやらしい方は、行動もいやらしいんですのね……」

先ほどまでとはうって変わって、やる気のない調子でセラフは言った。

「見た目がいやらしいよりマシ」

挑発《ちょうはつ》の言葉をカラミィは投げたが、反応は薄《うす》い。

「興が削《そ》がれました。今日のところは、おとなしく引き下がりましょうか……」

「待て、セラフ……！」

制止の声も気に留《とど》めず、セラフは撤退《てったい》の気配を見せる。

「くっ……！」

カラミィは急いで魔弾を放った。しかしセラフは衝撃波で迎撃しつつ後退、一挙に射程外へと逃れ出て行ってしまった。

完全に消え去るのを見送ってから、カラミィは銃《じゅう》を下ろした。ハイロウを消す——と、周囲の光景も元に戻《もど》る。

「……なんだったの？　今の……」

令と同じ疑問に、カラミィもとらわれていた。少し考えてから、

「まるで、僕達の足止めでもしていたかのような感じ……」

その言葉に、令がはっと息を呑《の》む。

「じゃ、本命は別にあるってこと？」

「でも」カラミィは眉《まゆ》をひそめる。「令の他《ほか》に誰《だれ》を狙う？　センジュとマナから片づける、とでも言うつもり……？」

それもおかしな話だった。本日、センジュとマナはともに自宅待機している。むしろ、一人でいるカラミィの方が狙いやすいだろう。

「なんにせよ、さっさとうちに戻った方がいいと思う」

「そう……だね」

カラミィの言葉に、令は頷いた。


令名は弘毅に手を引かれ、ひたすらに走り続けていた。

時折後方を見やる——が、追っ手が迫《せま》ってくる気配はない。セラフ自身も、セラフ以外の誰かも。きっと、カラミィがセラフの足止めをしてくれているのだろう。

（とにかく、自宅に戻らなくちゃ）

センジュとマナをすぐに援軍《えんぐん》として送る必要がある。悔《くや》しいけれども、令をハデスの手から守れるのはカラミィ達であって、自分ではない。

（令に何かあったら、ただじゃ済ましませんよ……）

などと思いつつ、令名は必死に走り続ける。

だが——

「……弘毅？」

ある疑問を感じて、令名は弘毅に声をかけた。

「一体どこに向かってるの……？」

ふと気づくと、令名は知らない道を走っていた。弘毅だけが知っている自宅へのショートカットルート、でもないだろう。そもそも、進行方向が自宅と正反対だ。道は狭《せま》く、人通りはほとんどない。

弘毅は直接には答えず、速度をゆるめ、立ち止まった。令名も足を止める。

長距離《ちょうきょり》走は、令名の細身にはかなりこたえた。そばの金網《かなあみ》にもたれて、肩《かた》で息をする。

「この辺でいいだろう」

弘毅は深呼吸して、身体を落ち着かせた。そして、令名に向き直る。

「この辺……？」令名はわずかに頭をもたげた。「タクシーでも呼ぶの……」

と言い終わるか終わらないかのうちに、

「ある意味、そうだ」

弘毅は右拳を令名のみぞおちに叩《たた》き込んだ。

「んぐぅッ!?」

あまりのことに、令名は悶絶《もんぜつ》した。その場に膝《ひざ》をついて、うずくまってしまう。

「……やっぱ、こうなるよな」

令名を見下ろしながら、弘毅は言った。

「マンガやアニメじゃ、みぞおちに一発叩き込んで相手を気絶させるなんてシーンがよくあるけど、実際には悶絶するだけだよな……」

「な、何を……」

やっとの事で、令名は顔を持ち上げ、弘毅を見返す。

弘毅の額に、白い十字の光が輝《かがや》いていた。

「…………!!」

悲鳴を上げたかったが、あまりにも腹部が苦しく、高い声が出せなかった。

「首の裏側をチョップして『当て身!』とか言っても、無駄《むだ》だろうな」

弘毅は令名の肩を掴《つか》んで身体を起こし、

「でも、もう一回くらい試《ため》してみるか」

右拳を固めて思いっきり引いた。

「……やめ……!」

令名は身をよじったが、無意味な抵抗だった。二発目の拳《こぶし》が突き刺さる。

あまりの激痛に、令名の意識は吹き飛んだ。こもった声を漏《も》らしながら、その場でぐったりとなる。

「理想的な気絶方法じゃねえな」

ごく客観的に、弘毅は評価を下した。

「でも、クロロホルムを嗅《か》がすのもマンガみたいにはいかないっていうしなあ。なんか、スマートに相手を気絶させる方法はないものか……」

ぶちぶち言いながら、弘毅は令名の身体を担《かつ》ぎ上げる。

ちょうどその時、狭い路地に幌《ほろ》つきの軽トラが入り込んできた。

運転手は加島だった。

4 黒い翼の天使

カロン・ウィズ・ブラック・ウィング

「お姉ちゃん、帰ってきてないの？」

令の確認《かくにん》に、答えたのはセンジュだった。

「きてねえッスよ？　というか、一緒に帰ってきてたんじゃ？」

「途中《とちゆう》で、セラフが待ち伏《ぶ》せていた」

カラミィが言うと、センジュとマナは険しい表情を作った。

「僕がセラフを足止めして、その間に令名と弘毅を逃がしたんだけど……」

とまで言って、カラミィは言葉を止めた。

「どうした」

マナの声に対して、カラミィは自嘲《じちよう》の舌打ちで応じた。

「やられたかもしれない。敵の本命は令じゃなくて、――」

その時、インターホンが鳴った。全員がびくりと身を震《ふる》わせる。

「こんな時間に誰《だれ》だろう？　宅配便かな？」

話の続きはちょっと待ってて、としぐさで示しつつ、令はインターホンを取る。

「……令か？」

聞こえてきたのは弘毅の声だった。

「あ、弘毅か」

令は安心した――が、それも一瞬《いっしゅん》の話だった。弘毅が令名と一緒ならば、インターホンで話しかけてくるなどという手間をかけるはずがない。ということは……

「上げてくれないか？」

弘毅の要求に、

「……わかった」

とりあえず、令は従うしかなかった。解錠《かいじょう》ボタンを押して、受話器を元に戻す。

「……令名は？」

令の声音《こわね》でおおよそのところを悟《さと》って、カラミィが歩み寄ってくる。

「わからない。でも、よくないことが起きたような気がする」

「…………。令は、少し下がってて」

カラミィは自ら玄関《げんかん》に出向き、鍵《かぎ》を開けた。それから五歩後退して、カバンから銃を取りだし、構える。照準は扉《とびら》の覗《のぞ》き窓のあたりに合わせる。

「ちょっと、まさか……」

予想以上の警戒態勢《けいかい》に令が声を上げる。

「殺しはしない」カラミィは前方を向いたまま答えた。「できるだけ穏当《おんとう》にやる」

少しして、チャイムが鳴った。間を置かず、扉が開く。

室内をのぞきこんだ弘毅は、すぐに自分に向けられた銃口《じゅうこう》に気がついた。

「答えて」

冷たい声で、カラミィは言った。

「あなた達、令名をさらったの？」

突然の質問に、弘毅は面食《めんく》らった。だがやがて状況《じょうきょう》を悟ると、くっくっと笑い始めた。

「その通りさ」

弘毅の額に、白い十字が浮《う》かんだ。

「話が早くて助かる。撃つなよ？　俺はメッセージを伝えに来ただけなんだから」

無言のまま、カラミィは弘毅の言葉を待つ。

「秋島令名は俺達が預かっている」

弘毅はポケットから何かを取りだし、足下《あしもと》に置いた。

「お姉ちゃんの携帯《けいたい》……！」

即座《そくざ》に令は見分けた。

ニッと弘毅は笑った。

「身柄《みがら》を返して欲しかったら、二日後の午後六時、西花見州の海沿いの廃工場に来い。令名と令を交換《こうかん》しようじゃないか」

「もし仮に、交換に応じないと言ったら？」

「聞くまでもないことだろ？」

弘毅は笑ってみせた。普段《ふだん》の弘毅なら絶対に見せないであろう、嘲《あざけ》りの笑いだ。

「その時は、令名をどこかよその世界に放り込むだけだ。いい返事を期待しているぜ……」

そこまで言うと、弘毅の額の白い十字が消えていった。と同時に弘毅の身体がぐらりと揺れて、その場に崩《くず》れ落ちる。

「弘毅!?」

令は思わず飛び出しかけるが、センジュがその腕《うで》を捕まえて押さえた。

銃を向けながらカラミィは慎重《しんちょう》に近づき、弘毅の様子を確かめる。

「……気絶している」

すぐに、カラミィは警戒を解いた。

「白十字の影響《えいきょう》は消えている。弘毅にメッセンジャー役だけをやらせたのか、加島の奴《やつ》……」

「一暴れでもされたら、面倒《めんどう》なことになってただろうけどね」

センジュが進み出て、弘毅の身体を担《かつ》ぎ上げた。室内に入れて、ソファの上に寝《ね》かせる。

「既《すで》に、面倒なことになっておる」

苦い顔で、マナが指摘《してき》した。

「よもやセラフが、こんな搦《から》め手から攻《せ》めてくるとはな。知恵《ちえ》がついたではないか、あやつ」

「感心している場合じゃないでしょ」

令が声を上げる。

数日前、加島が令名に告白したという話を思い出した。告白というのは表向き、実はあの時から令名をさらうことを算段していたのではないのか、という疑いを、令は抱《だ》いた。マナが姿を見せたため、その時は何も起きずに済んだのかもしれない。

「お姉ちゃんをよそに放り込むだなんて……絶対だめだ！　やらせるわけにはいかない」

「でも、やすやすと身柄の交換には応じられない」

カラミィはあくまで冷静だった。だが、その沈着《ちんちゃく》ぶりは、逆に令の癇《かん》に障《さわ》った。

「お姉ちゃんがひどい目に遭《あ》うくらいなら、僕が犠《ぎ》牲《せい》になる！」

「そう早まるなって」センジュが令の肩を叩いた。「令を守るために令名を犠牲にする、なんてことはしないッスよ、あたしらは」

「……本当に？」

「むろん」マナが頷く。「令と令名の二者択一《たくいつ》など、セラフが勝手に言い出してきていることだ。儂《わし》らがそれを飲む義理はない」

「とはいえ、これは僕達だけで対処していい問題じゃない」

部屋を横切って、カラミィは電話機を取り上げた。

「晃一朗に報告する」

「それは……そうだね」

すっかり失念していたが、父を頼《たよ》ることもできるのだ。令にとってはわずかな慰《なぐさ》めだ。

「ついでに確認《かくにん》しておくといい」

ダイヤルして応答を待つカラミィに、センジュが言った。

「わざわざ二日後午後六時、なんて指定をするからには、――」

「わかってる」

カラミィは短く答えた。

ほどなくして、電話がつながった。カラミィはごく事務的に、起こったことを報告した。

「くそ……もう、なんてこった」

衝動的《しょうどう》に、令は壁《かべ》を叩いた。全員がびくりとして、令を見つめる。

「電話中」カラミィが言った。「お静かに」

「あ……ゴメン」

令は謝った。場をわきまえることを忘れるほどに、令は焦《あせ》っていた。

「………………」

殺風景な部屋で、令名は目を覚ました。

床《ゆか》についた頬《ほお》が冷たい。手をついて、身を起こす。

「ここは……」

室内を見渡《みわた》す。窓はカーテンで覆《おお》われ、薄暗《うすぐら》い。人が住む部屋には見えない――事務所か何かか？

部屋の隅《すみ》には、社長が座るような黒革《くろかわ》の椅子《いす》があり、

「……やっとお目覚めかしら？」

椅子には、眼鏡《めがね》をかけた少女が座っていた。

びくりとして令名は身を引いた。背中が壁に当たる。

だんだんと思い出してきた。弘毅に殴《なぐ》られて、気絶させられたのだ。いまだにみぞおちが疼《うず》いている。

「ム……」

あれが弘毅の本意でなかったということは、わかる。白十字に操《あやつ》られてやったのだ、と。しかしそれでも、弘毅を一発殴らずにはおれない気分だった。

白十字を操る加島の意図でここに連れてこられた。ということは、目の前にいる少女の正体はすなわち――

「あなたが、セラフィーヌですか」

「その通りでしてよ」

セラフは眼鏡を外した。瓶底《びんぞこ》のごとき分厚いレンズの下から現れたのは、千夏そっくりの顔だった。

キッ、と令名はセラフを睨《にら》みつけた。

「地味な格好をしているんですね。聞いた話によると、破廉恥《はれんち》極《きわ》まりない衣装を着ているから遠目でもよく目立つ、とのことですけど」

「普段着《ふだんぎ》のこと？」

セラフは鼻で笑った。

「残念ながら、この世界においては、あの格好で出歩くとひどく目立つみたいですので。不本意極まりないのですが、このような服を着ておりますの」

スカートの裾《すそ》の部分をひらひらと振ってみせる。

「ここは一体どこ？」

問いかける令名。

「花見州のどこか……とだけ、言っておきますわ」

令名の焦りを楽しむような調子で、セラフは答える。

「少し不便はするでしょうけど、我慢《がまん》して下さいましね。食べるものは私が用意させて頂きますから」

「どういうつもりなの……私をさらって、どうする気？」

「簡単なこと。あなたの身柄と、秋島令の身柄を交換する。向こうが取引に応じてくれたら、明後日の夜には自由の身よ。私の同一存在達が賢明《けんめい》な判断をしてくれるのを、祈《いの》ることね」

優雅《ゆうが》な笑《え》みを、セラフは令名に向けた。

「令君だけは、絶ッ対に連れて行かせない……！」

敵意をむき出しにして、令名は唸《うな》る。

しかし、セラフの余裕《よゆう》の態度は深まるばかりだった。

「ま……向こうがそのような判断をしたのなら、その時はその時。あなたをどこか、ここではないよその世界に放り込むだけでしてよ」

「よその世界……？」

「ええ。あなた方のような無色は、よその世界の異能を容易に身につけうるという特徴《とくちょう》がある。ハデスが必要としている力を持つ世界へ叩き込んで、エージェントとして働けるように仕立てるのよ」

「誰《だれ》が、あなた達に協力するものですか」

「協力する気がないというのなら、死ぬだけのこと……」

令名の命など些事《さじ》に過ぎない、という態度を、セラフは崩さない。

「一つだけはっきり言えるのは、ここ、花見州みたいな夢のような環境《かんきょう》が存在する世界なんて、よそには一つとてありはしないということ。まさしく温室ね。温室育ちのあなた方が耐《た》え抜《ぬ》ける世界なんて、あるのかしら」

「………」

反論する言葉を失って、令名は黙《だま》り込む。今できるのは、ただひたすらセラフを睨むことだけだった。

「ま、あなたがどうこうできる問題ではないから、黙って待つことね」

セラフは席から腰《こし》を浮かした。大股《おおまた》で令名に近づくと、顔を鼻先にまで近づける。

「それにしても、本当にそっくりですわね……令に」

「当たり前でしょ」令名は言い返す。「私と令君は、双子《ふたご》の姉弟《きょうだい》なんですから」

すると、セラフは妙《みょう》な顔をした。

「あなた、何も知らされていないのですか？」

「……は？」

問いかけの意味がわからず、令名は口をぽかんと開けた。

「なるほど、何も知らされてないのですね」

同情するように、セラフは頭を振《ふ》った。

「……なんのことですか……」

すごいイヤなことを言われそうな気が、という予感を抱《かか》えつつ、令名は問う。

「令にハイロウ感知能力が備わっているのは何故《なぜ》か、考えたことはないのですか？」

「…………」

令名は黙り込む。

地球で生まれた者は無色であって、どこぞの世界に放り込まれない限り、異能を得ることはない。しかし令はハイロウ感知能力という異能を得ている。ということは、――

「令君は、過去にどこかの世界に放り込まれたことがある……ってことですか」

「いいえ」

セラフは首を振って否定した。

「そんなことでハイロウ感知能力を手に入れられるなら、こんな苦労はしていませんわ。令の力は異能中の異能、本当に特別な力なんですよ」

「それは……」

「悠久《ゆうきゅう》のスティクスの流れの中、そのどこかに、『原初世界』と呼ばれる世界がある。あまたある並行世界の中で、初めてスティクスに生まれたとされる世界。ハデスもペルセフォネも、誰一人とてその場所は知らない。でも、その世界の出身者、そしてその血を引く者は、スティクスのありように関《かか》わる力を持つ。例えば、ハイロウ感知能力、とかね……」

「それは、つまり……」

慎重な口ぶりで、令名は言った。

「令君は、その原初世界の出身者ってこと……？」

「そうね」

あっさりと、セラフは肯定《こうてい》した。

「あなたとの血のつながりは、ないってこと。ペルセフォネの人間が、彼をどこからか拾ってきたんでしょうよ」

「………」

令名は、努めてショックを隠《かく》そうとした──が、その態度、その表情に、動揺《どうよう》の程《ほど》が表れる。

追い打ちとばかり、セラフは言葉を続ける。

「あらゆる並行世界が、ありようを相似《そうじ》にしようとする。私はあまたの世界をわたってきた……けれども、令に双子の姉がいるなんて世界は、どこにもなかった。カラミィ達からも、それぞれの世界の令について聞いてない？　彼女たちも、令の双子の姉の話なんてしなかったのでは？」

（……言われてみれば……）

セラフの言葉は、得心のいくことばかりだった。

自分と令とは双子だ、とこれまでずっと信じてきた──が、その根拠《こんきょ》は何か。よく考えてみれば、父、晃一朗の言葉だけではなかったか。令名達が赤ん坊《ぼう》だった頃《ころ》の写真なんて、見たことがない。この目で戸籍《こせき》を確かめたこともない。もっとも、カラミィの転校に関する機関の手際《てぎわ》の良さを考えると、戸籍も絶対の証明にはならないだろうが……

「同一存在でありながら性別は別、ということはたまにあります。あなたがこの世界に生まれた『レイ』なのですよ」

令名の顔色を窺《うかが》いながら、さも愉快《ゆかい》そうにセラフは言った。

「どうです？　事実を知ってのご感想は」

長いこと令名は黙り込んでいたが、やがて顔をもたげると、

「それってつまり、私と令君が結婚《けっこん》するのになんの問題もないってこと？」

目を輝かせながら、逆質問した。

「………」

今度はセラフが黙り込んでしまった。

「血のつながりがないってことは、結婚するのに障害無しってことじゃないの」

妙に興奮しながら、令名は一人で語り続ける。

「いや、でも、子供を作る段になるとどうなのかしら？　同一存在同士が遺伝子も一緒《いっしょ》だとすると、少しまずいのかも……」

「皮算用はやめておくが吉《きち》でしてよ」

冷たい声を、セラフは浴びせた。

「令は私が連れて行くんですからね……彼の子供を作るのも、私です」

びくり、と令名は身を震わせた。

「……どういう意味ですか」

「さっき言ったでしょう？　原初世界から得られた力は、出身者だけではなく、その血を引く者にも受け継《つ》がれるって。私がたくさん産むのよ、ハイロウ感知能力者を」

「!!　なんですって……!?」

令名は目を剝《む》いた。

「令には、私とのラブラブ新婚《しんこん》生活の環境を用意する。使い捨てるだなんてとんでもない、私の夫として最高級の待遇《たいぐう》をさせて頂きますわ。彼の幸せを考えるなら、素直《すなお》に身柄交換《みがらこうかん》に応じるのが賢明じゃないかしら？」

「じょ……冗談《じょうだん》じゃありません!!」

人質《ひとじち》の立場であることも忘れて、令名はセラフに飛びかかった。

「あなたごときに令君を奪《うば》われるだなんて……受け入れられますか!!」

セラフの襟首《えりくび》を摑《つか》んで前後にガクガク揺《ゆ》らす。

不意をつかれてセラフはしばしの間なすがままに揺さぶられたが、

「離《はな》しなさい！」

身体《からだ》をひねって令名を振り払《はら》い、セラフは衝撃波《しょうげきは》を放った。残留スティクス粒子《りゅうし》を利用して

の衝撃波故《ゆえ》、威力《いりょく》は大したことはなかったが、令名の上着を裂《さ》く程度の勢いはあった。

「きゃ……！」

炸裂《さくれつ》したように上着の肩《かた》部分が吹《ふ》き飛んだ。転倒《てんとう》しつつ、令名は服を押さえる。

「己《おのれ》の置かれた立場をわきまえることね」

眼前に仁王《におう》立ちして、セラフは令名を見下ろした。

「それ以上暴れるようだったら、手足も拘束《こうそく》させていただきますよ？」

「く……」

セラフをにらみ返しながら、令名は這《は》って後じさる。

「明後日までここでおとなしくしていてもらいます。脱走《だっそう》しようとしたら、お食事抜きますからね」

そう言い残して、セラフは部屋から出て行った。

「…………」

室外のセラフの足音が聞こえなくなるまで待ってから、

「……さて……どうやって逃《に》げよう？」

令名はさっそく脱走の方策を考え始めた。

「待たせて悪かった」

晃一朗が自宅に戻《もど》ってきたのは、すっかり外が暗くなってからのことだった。早足で室内に入ってくると、着替《きが》えもせずに一同を呼び集める。

食卓《しょくたく》の上に、晃一朗は花見州の白地図を広げた。

「西花見州の海沿いの廃工場ということは……これだな？」

白地図の一角を指さす。五つの人工島からなる花見州の西側にある西花見州、その中でも最《さい》西端《せいたん》の部分に、廃工場はあった。しばらく前に操業停止となったきり、そのまま放置されているのだという。場所が良くないせいか、土地の買い手もつかず、さびれたままになっている。

「随分《ずいぶん》昔に一度だけ行ったことがあるなあ」

思い出しつつ、令は言った。

「そうだな」

同意したのは、目を覚ました弘毅である。白十字の後遺症《こういしょう》はなく、完全に自我を取り戻していた。

「懐《なつ》かしいな。クラスの誰《だれ》だったかがそこで幽霊《ゆうれい》を見たとかいう噂《うわさ》が流れて、確認《かくにん》しに行ったんだ。工場があまりにうらさびしかったんで、ビビって結局中に入らなかったけど」

「身柄交換の場所としては最適だろうな」と晃一朗。「人に見られる恐《おそ》れが少ない。それに——

——」

「ゲートが開く？」

カラミィが問いかけた。

「ああ。君の予想通りだ」

晃一朗は廃工場を繰《く》り返しつつ、ここに非定期型ゲートが開く」

「明後日の夕方頃、ここに非定期型ゲートが開く」

「ゲートが開く？　って、ゲート自体は空で開きっぱなしなんじゃ……？」

令の疑問に、センジュが答える。

「ゲートの内側に、特定世界へのルートが開くことがあるんスよ。スティクスの乱流のこと、前に教えたでしょ？　いつ頃《ごろ》、どこに、どれだけの持続時間で開くのか、ある程度計算で予測することができるんだ」

「惑星《わくせい》の軌道《きどう》計算のようなものだ」晃一朗が付け加えた。「完全に正確な値を出すことはできないが、だいたいのところは割り出せる。今回は、八十パーセントの確率で、明後日夕方六時十分頃、廃工場付近にグリザードへの一方通行ルートが約二分間開く。そもそも奴ら、これから逆算して仕掛《しか》けてきたんだろうな」

「八割か」マナが呟《つぶや》く。「それはかなり確実さな」

「しかし、行き先がグリザードとは……」

カラミィは険しい表情を見せた。が、すぐに令に向き直り、先回りして説明する。

「グリザードっていうのは、セラフの出身世界の名前。もちろん、ハデスの勢力範囲《はんい》内。そこに逃げ込まれたら、追いかけるのはかなり難しい」

「令名を連れていかせはしない」

力強く、晃一朗は断言した。

「もちろんおまえもだ、令」

「うん……」

いざとなれば、自らを犠牲にするつもりだった——令名を取り戻すためならば。ただ、この場では頷《うなず》き返すだけに留めた。

「でも、具体的にどうするの」

「理想を言えば、ゲートが開くより早くセラフの潜伏《せんぷく》先を割り出して、奇襲《きしゅう》する」

冷静な声で、カラミィが言う。

「問題は、どこに潜伏してるか、ッスよね。多分、花見州の外には出てないだろうけど……」

センジュの言葉に、令が反応する。

「力が使えないから？」

「それもあるが……」

答えたのは、招集されたカジマーだった。

「なによりも、粒子が希薄《きはく》すぎる領域に行っちまうと、言葉が通用しなくなる。セラフと加島の間で意思疎通《そつう》ができなくなるってわけだ」

「なるほど。そうですね」

スティクス粒子は自動翻訳《ほんやく》の機能も持つ、とカラミィに教えられたことを、令は思い出した。

「ふむ。この島、さほど大きくないとはいえ、人を一人隠すには十分に広い。むしろ、儂《わし》らを監視《かんし》できるような場所に潜《ひそ》んでおるかもしれんぞ」

マナは現在地、秋島家のあるマンションのあたりを、仮面の先でぐるりと囲んだ。

「いや……」

晃一朗は腕を組んだ。

「アクシデントを避《さ》けるためにも、人のいないところに隠れているはずだ。住宅地じゃないだろう。令名の悲鳴が誰かの耳に届いたら、面倒なことになる。しかし……」

「それだけでは、特定のしようがない」

カラミィが結論を言う。

「となると……」

一同の視線は、令に集まった。

「……って、いきなりどうしたの」

「結局、おまえの力に頼《たよ》るしかないようだ」

晃一朗は令の肩を叩《たた》いた。

「僕の力……か」

（そう来ると思っていた……）

予期した事態ではあった。天使を探すには、令のハイロウ探知能力こそがもっとも有用なはずだ。

できれば、避けたかった——このような状況《じょうきょう》に追い込まれるのは。自分と令名、二人の運命を肩に背負うだなんて、考えただけでめまいのするような話だ。しかも頼れるのは、つい最近にその実体がわかった、ハイロウ感知能力という見えない力のみ。

（しかし、それでも、やるしかない）

令は自分を奮い立たせた。

心の内で、怒《いか》りの炎《ほのお》が燃え上がっていた。令名と弘毅、親しい二人を、敵はことに巻き込んだ——令を捕《つか》まえるという目的のために。とうてい許せるものではない。

「お姉ちゃんを見捨てて逃げるなんて、できないものね。全力を尽《つ》くす」

半ば自分に言い聞かせるように、令は決意の程《ほど》を語った。

「いい目だ」

カジマーが評した。

「なあに、人間、泥《どろ》でも啜《すす》ってやると一度覚悟《かくご》したら、なんでもできるもんさ」

まるで実体験があったかのような言い方で、令を励《はげ》ます。

（……泥のたとえが好きな人だなあ）

軽く頭を下げつつ、令は思った。

「従軍経験でもあるんですか？」

弘毅が尋《たず》ねると、カジマーは肩をすくめた。

「目の前で、仲間達が為《な》す術《すべ》もなく虐殺《ぎゃくさつ》されていく光景を眺《なが》め続けることを、従軍経験と言うならな」

（一体何があったんだ……）

非常に気になったが、直接聞くのもはばかられたので、代わりに令は弘毅に質問した。

「なんでそんなことを聞くの」

「カジマーさん、なんとなく立ち振《ふ》る舞《ま》いがベトナム帰還兵《きかんへい》っぽいなあと思って」

「ベトナム帰還兵？」

「実際のベトナム帰還兵に会ったことがあるわけじゃないぜ」弘毅は先回りして言った。「ただ、小説によく出てくるベトナム帰還兵をイメージするのさ、カジマーさんを見てると。七十から八十年代のアメリカ小説には山ほどベトナム帰還兵が出てきて……」

説明が長くなりそうだったが、弘毅は賢明にも空気を読んで口を閉《と》ざした。

「……すいませんでした。話の続きをどうぞ」

「……とにかく、本当にすまんな、令」

晃一朗が場を引き取り、令に頭を下げた。

「いいよ」

父に謝られて、令は慌《あわ》てた。

「多分、それは、お姉ちゃんにするべきことだって」

ごく控《ひか》え目に言い返す。

「……そうかもしれんな」

神妙《しんみょう》な顔つきで、晃一朗は頭を上げた。

「とはいえ……」令が言う。「ハイロウ感知、できるのかな」

「できる」

力一杯《ちからいっぱい》言ったのは、カラミィだった。

「自分の力を信じて。実際に君は、センジュ達とセラフが戦った時も、ハイロウを感知できている」

「いや、令が言いたいのはそういうことではなかろ」

が、マナが遮《さえぎ》った。

「そうなんだ」令は頷く。「ハイロウを感知することは、できると思う。問題なのは、向こうがハイロウを開くのか、ってことで」

「あー、なるほどね」

人差し指をこめかみあたりに当てて、センジュが考え込む。

「向こうも、令の力を目当てにしてるッスからねー。ハイロウを開いて、自分らの潜伏場所を教えるようなことはしない、ってわけッスか」

言いたいことを全《すべ》て言ってもらったので、令は黙って首肯《しゅこう》した。

「たしかに、向こうも居場所を自らばらすような真似《まね》はしないだろう」

晃一朗が呟く。

「だが、探知できないとは言い切れない。向こうがハイロウを開けないとしても」

「そうなの？」

令は問い返した。

「機関には、他《ほか》にも探知能力者がいる。片手の指が余るほどの数だが。熟練した探知者は、残留スティクス粒子の流れすら感知できる」

「残留スティクス粒子の流れ……」

「そういうこと」カラミィが言った。「スティクス粒子は、空間における密度をできるだけ一定にしようとする性質がある。だから、天使がスティクス粒子を消費すると、周囲の粒子は天使のもとに集まっていく。粒子の空白を埋《う》めるために」

「ははあ」

理解した、と令は手を叩いた。

「高気圧から低気圧に風が流れるようなもの?」

「その程度の理解で十分だ。つまり、残留スティクス粒子の不自然な流れを感知できれば、そこに天使がいるはずなんだ」

「理屈《りくつ》はわかったよ」令は頷いた。「でもそれなら、粒子の流れが感知できる人を呼んだ方がいいんじゃや？」

「それは無理さな」

マナが横から言った。

「それぞれが、別の任務を抱えてどこかの世界に行っている。物理的に連れてくるどころか、あの方々がどこにいるのか捜《さが》し出すだけで一週間はかかるであろ」

「一週間⁉」

令の驚《おどろ》きの声に、マナは肩をすくめた。

「ま、一週間は言い過ぎかもしれぬが……とにかく、今ここにいるメンツでどうにかするよりない」

「そうなんだ……」

一文字に、令は口元を引き結んだ。結局、自分を恃《たの》むしかない。

「深刻になるな」

弘毅が、拳《こぶし》を令の肩にぶつけた。

「俺も手伝う。令名がさらわれたのは、明らかに俺の責任だからな」

「そうさな」マナは言い捨てた。「おまえが加島の使い魔《ま》にならなんだら、こんなことにはならなかったものを」

「……そこは『おまえのせいじゃない』って慰《なぐさ》めるところじゃねえのか」

弘毅は言い返したが、マナはそっぽを向いた。

「反論できぬだろうが」

「俺みたいな素人《しろうと》に何ができたってんだよ」

「過ぎたことを言っても仕方がないでしょ」

令が二人の間に割り込んだ。

「大切なのは、これからだ。失点は、僕が取り返してみせる。みんなのためにも、そして僕自身のためにも」

令の目にこもる強い意志を見て取って、晃一朗は力強く頷き返した。

「頼《たの》む」

「訓練は明日にしよう。令名が心配だとは思うけど……」

カラミィも、令を力づけるように言う。

「大丈夫《だいじょうぶ》」令は言い返した。「慌てるだけ無駄《むだ》だってことは、わかってるから。それより父さん、晩ご飯食べてないでしょ？」

キッチンの方に歩み寄り、父の夕食を用意しようとする。が、

「あわッ」

食器棚《だな》からみそ汁《しる》用のお椀《わん》を取り出そうとして、思い切りひっくり返した。木のお椀が、床《ゆか》にばらまかれ、カランカランと音を立てる。

「慌てるだけ無駄、って言ったばかりなのに」

呆《あき》れながら、センジュは令を手伝いに行った。

「もう少し楽に構えろ」マナも助言を投げる。「令名ならば、恐怖《きょうふ》におびえているなどということはあるまいて。ひょっとしたら、脱走ぐらいやってのけるかもしれん」


「……どうしたものかしら」

まず、令名は自分の持ち物を確認《かくにん》した。携帯《けいたい》電話で令に連絡《れんらく》できれば――と思ったが、セラフがそんな初歩的なミスを犯《おか》すはずがなかった。どのポケットにも、携帯電話は収まっていなかった。

外からの救助を要請《ようせい》することができない以上、自力で脱出《だっしゅつ》するより他にない。

「こういう時に頼れるのは、通気口《つうき》ですよね」

一人ごちて、令名は通気口を探した。といっても、目をこらして首を巡《めぐ》らせる必要はない。

すんすんと鼻を鳴らして、外気が流れ込んでくる方向をかぎ分ける。ほどなくして令名は部屋の隅《すみ》、壁《かべ》の床に近い部分に格子《こうし》を見出《みいだ》した。

「………」

真下に張り付いて、通気口を観察する。

格子に手をかけると、ガタガタ揺れた。取り外すことはできそうだ――が、通気口は狭《せま》く、令名の細身でも通り抜《ぬ》けられるかどうか。

(それにこの通気口、どこに通じているのか……)

もう一度臭《にお》いを嗅《か》ぐ。外から流れてくる海の香《かお》りに混じって、饐《す》えた臭いが流れ込んできていた。この臭いの元へと身を投じるのは、ちょっと勇気が要《い》る。

「最悪、途中《とちゅう》で引っかかって戻れなくなるかも……」

嘆《なげ》いて、令名は通気口をあきらめた。

決して狭くはない部屋の中を、自由に歩き回ることはできる。令名は、カーテンを開けて窓の外を見やった。

地面を見下ろす。窓から地面まで、四階くらいの高さがありそうだ。下に広がっているのは、アスファルトの地面。飛び降りれば大怪我《おおけが》は免《まぬか》れ得まい――という以前に、そもそも窓自体が開かない。ガラスを粉砕《ふんさい》することはできそうだが、素手《すで》でやったら大怪我につながる。

鈍器《どんき》になりそうな物は、と室内を見回す。部屋の奥手に、立派なデスクがある。人一人が入れそうな引き出しを開けると、分厚い辞典が出てきた。両手で持ち上げて、窓に歩み寄り、振《ふ》り上げてガラスに軽くぶつけてみる。

（……割れる）

令名はそう直感した。

しかし、割った後が問題だ。窓から逃げるにはロープがいるが、もちろんそんな物、セラフが用意してくれているはずがない。代用品になりそうな物といえば、カーテンと、寝具《しんぐ》として置いてある毛布くらいだ。

カーテンと毛布を結び合わせても、安全に地上に降りられるだけの全長にはならないだろう。それに、即席《そくせき》のロープをどこに固定するのか。カーテンレールに結ぶのは、あまりに不安だ。レールごと地面に転落、ということも考えられる。

この問題を解決する手段を、令名は思いつけなかった。

思いつけない以上、今すぐ脱走することは不可能だ。

（それでも、絶望してはいけない）

令名は考え込む。まだ手段はある。時間はまだあるのだ、なにかしらいい案を思いつく可能性は皆無《かいむ》ではない。

あるいは、セラフにハイロウを開かせればいい。令がハイロウの位置を感知すれば、助けに来てくれるはず。

とはいえ、既《すで》に夜遅《おそ》い。寝《ね》ている間でも令はハイロウを感知することができるのだろうか？ それを考えると、今すぐ行動を起こすのは得策ではない。今はおとなしくして体力を温存し、明日に備えるべきだ。

幸いにして室内にはソファがあり、セラフは毛布を用意してくれていた。令名は毛布にくるまって、横になった。

「訓練を開始する」

と、カラミィは令のすぐ横で発言した。

よく手入れされた芝生《しばふ》の一角に、令は目隠《めかく》しをつけて立っていた。

野球場が四面くらい取れそうなこの広大な広場は、ペルセフォネ・アースの敷地《しきち》内の庭だった。普段《ふだん》は社員のレクリエーションスペースとして開放されているのだが、本日は土曜日、出勤している社員はほとんどいない。令達の貸し切り状態だった。

ここで、令はスティクス粒子の流れを感じ取る訓練を行おうとしていた。

「怨霊《おんりょう》を呼んでおる」

カラミィの隣《となり》で、仮面を被《かぶ》ったマナが説明した。

うすぼんやりとした人影《ひとかげ》が、芝生の中央に一人ぽつんと立っていた。

「怨霊は、少しずつ粒子を消費することで、顕在化《けんざい》状態を維持《いじ》している。儂《わし》が怨霊を歩かせるから、お主は怨霊の現在位置を指で示せ」

「怨霊の居場所を感知しろ、と」一令は答えた。「霊能力者まがいのことをやれ、とおっしゃいますか」

「八州では、怨霊術はれっきとした伝統技術だ」

マナは不快感をあらわにした。

「というか、怨霊術って、一体何なの」一令は尋ねた。「なんでいちいち仮面をつけるの？」

「怨霊達に心を乗っ取られぬためよ」マナは説明した。「そもそも怨霊術とは、死してこの世に思いを残した魂《たましい》を呼び、一暴れさせることによって成仏《じょうぶつ》を促《うなが》すというもの。仮面という障壁《しょうへき》がなくば、術者も魂を惹《ひ》かれて怨霊と化す。危険な技《わざ》よ」

「ちなみに、仮面はいろいろ種類があるんスよね」

センジュが付け加えた。

「ああ。呼ぶ怨霊の種類によって、つける仮面を変える。病死者の霊を呼ぶなら白の面、事故死者の霊を呼ぶなら黄と黒の面、というように対応する仮面を被る。おおまかに言えば、死因と直結しておるな」

「へえ。仮面を使い分ける意味はあるの？　病死者の怨霊と事故死者の怨霊とでは挙動が違《ちが》う、とか」

「そこには大した違いはありはせん。ただ、怨霊は現地調達が基本だ」

「現地調達……？」

「そう。要は、その地に眠《ねむ》る怨霊を呼び起こすのだ。地によって、いかなる種の怨霊が多いか少ないかは異なる。どれほどの数の怨霊が必要か、用途《ようと》によって面を使い分けるというわけよ。ちなみに今回はただ一人でよいので、霧夏の怨霊を呼んだ」

「……霧夏の怨霊……？」

目隠しの下で、令は目をぱちくりさせた。

「そう。険谷芳堂《けんこくのほうどう》霧夏、八州より引き連れてきた、ただ一人の怨霊よ」

「……例のあんまん大好きっ子ですか」

（無二の親友の怨霊を呼ぶとは、随分《ずいぶん》因果なことをする……）

気分が重くなりそうだったので、令は別の質問を投げた。

「例えばさ、花見州でできるだけ多くの霊を呼びたい場合は、何を使うの？」

マナは少し考えてから答えた。

「その際は、事故死者の面を使う」

「あー、なるほど」令は納得《なっとく》した。「交通事故で亡《な》くなる人、多いもんね」

「いや、違うな」マナは首を振った。「花見州に事故死者の怨霊が多いのは、人工島を築く工事の際に多数の犠牲者《ぎせいしゃ》が――」

「あーあー！　訓練始めようか！」

令は慌てて耳栓《みみせん》を差し込んだ。

世界が、完全な闇《やみ》に包まれる。令は芝生の上に座り込み、集中した。

令がハイロウを感知するのに、特別な集中力は必要ない。開いた途端《とたん》に、感覚が勝手に流れ込んでくる。悩《なや》むまでもなく、生与《せいよ》の本能として感じ取ることができる。

しかし今は、全くの闇の中だった。そばにカラミィもセンジュもマナもいるはずなのに、気配すら感じることができない。

（空気中のスティクス粒子《りゅうし》の流れを感じる……ってことだったよな）

感覚を鋭敏《えいびん》にしよう、と試みる。無心になり、自分を無と化し、ただ自分の外側にあるわずかな流れのようなものを検知しようとする。

（…………）

すると――

なにか、わずかな光のようなものが感じられてきた。

（これは……スティクスの光か？）

その輝《かがや》きは、あまりに弱い。だが、はっきりと存在している。その気配は、スティクスの岸辺で感じた光に良く似ていた。

それらは、空間に薄《うす》くまんべんなく広がっている。いや――まんべんなく、ではない。案外偏《かたよ》りがあるようだ。空間のある部分は気配が濃《こ》く、ある部分は気配が薄い。

(薄い部分が、怨霊のいる場所かな?)

とりあえず、令はその方向を指さした。

令の動きに、一同の視線が集まった。

だが、期待感はすぐにしぼんだ。

令の指した方向の先には、ただ芝生の庭が広がるばかり。怨霊は全く別の場所にいた。

マナは肩《かた》をすくめた。

「これは……やっぱり、難しいかの」

カラミィも顔をしかめる。長期戦になるであろうことは、もとより覚悟していたが。

とにかく今は、令を信じるより他《ほか》にない。ただひたすらに、様子を見守り続ける。

やがて、令の腕《うで》がすっと落ちた。

令は腕を下ろした。

(いや、違う。怨霊がいるのはここじゃない)

今感じたのは、単に気配の薄い場所だ。気配が集中的に流れ込んでいる場所ではない。

それに、気配の薄い場所は、そこだけではなかった。空間全体に注意を向けると、そこかしこに輝きの薄いポイントがある。スティクス粒子は密度の高いところから薄いところに流れるというが、完全に密度が一定というわけではないらしい。わずかながら、ムラがある。

密度の薄いポイントは、次々と移動をしていた。その移動の仕方にはおおよそ規則性という物が感じられない。わずかなムラを埋めるという現象が連鎖《れんさ》的に発生することによって、薄い部分が動いているのだろう。天気図を早回しで見ているようなものだった。気圧の山と谷は、目まぐるしい流動を続ける。

これらを、どうやって怨霊の気配と見分ければいいのか。

（これは、想像以上に難しい仕事だぞ……）

乗《の》り越えるべき壁の高さを思いやって、令は絶望的な気持ちになった。

薄闇《うすやみ》が一帯に降りる時間帯となってから、令名は作戦を開始した。

カーテンを外して隅と隅を結び、ついでに毛布も固く結んで、一本の簡易ロープに仕立てる。

そして、カーテンレールに通して結《ゆ》わえつけた。

それから、デスクの引き出しより辞典を取り出して、ロープを結わえた直下の窓の前に立つ。

「うまくいきますように……」

軽く祈《いの》りを捧《ささ》げてから、令名は辞典を掲《かか》げ、窓に叩きつけた。

一度目は、手加減していたせいであっさり撥《は》ね返された。全力でやらなきゃだめらしい、と悟《さと》り、力を振り絞《しぼ》る。二度目で窓に蜘蛛《くも》の巣のごとき亀裂《きれつ》が走り、三度目で――

「せえのッ」

令名の手から辞典がすっぽ抜けた。勢いのついた辞典は、盛大な音を立てて窓を粉砕し、外へとすっ飛んでいった。

粉砕音はセラフにも聞こえたはずだ。己《おのれ》を急《せ》きたてながら、令名はさらに工作を続ける。

ロープの端《はし》を、窓の外へと放り投げた。慌てたせいで少し令名の手にからまったが、やがてロープは窓の外側に全部出て、風に煽《あお》られ下に伸《の》びていった。

伸びきっても、ロープの下端《かたん》は地面から遥かに遠く、そこから飛び降りるのも危険極《きわ》まりない。だが、それはどうでもいい。

ロープが下りたのを確認《かくにん》してから、令名は室内に引き返し、デスクの引き出しに飛び込んだ。身体《からだ》を揺《ゆ》さぶって引き出しを閉めて、デスクの中に隠《かく》れる。

そして、息を殺して待った。

間を置かず、セラフの足音が近づいてきた。勢いよく室内に飛び込んでくる。

「逃《に》げましたか……！　食事を抜くと言っておいたのに……」

室内の惨状《さんじょう》からおおよそのところを悟って、セラフは舌打ちした。

「失敗してもダイエットにちょうどいい、とか思っているのではないでしょうね」

来た時と同じような勢いで部屋の外に飛び出していく。

「………」

足音が去ってから、令名は引き出しから転がり出た。そして部屋を出て、逃走《とうそう》を開始した。

セラフが向かったのと逆方向へ、令名は走る。

（セラフはまず、窓の下へと向かうはず）

走りながら、令名は打算を巡らせた。

（反対側へ逃げれば、逃げ切れる……！）

これが、一晩考えた末の、令名の作戦だった。ハイロウが使えないなら、セラフの移動能力もたかが知れている。可能性は十分にある、と踏《ふ》んでの決行だ。

突《つ》き当たりまで廊下《ろうか》を走り、階段を駆《か》け下りる。一挙に最下階まで駆け下りて、窓とは反対側への出口を探す。

セラフが令名の罠《わな》に気づき、反転してくるまでに逃げなければならない。血眼《ちまなこ》になって令名はドアを探し――

（そこだ!!）

とうとう、裏口らしきものを見つけた。鍵《かぎ》がかかってませんように、と祈りつつドアノブに手をかけると――

問題なく開いた。

（これで——！）

ギギギ、と音を立てて、ドアは開いた。まだセラフは反対側にいるはず、これで自由の身だ、と令名は外へ飛び出した。

令名の眼前に広がっていたのは——

扉《とびら》を囲むように列をなす、異形の獣《けもの》の群れだった。

「!?」

令名は急ブレーキをかけて立ち止まった。

ゴリラのような、熊《くま》のような、サルのような、地球上の動物達と似て非なる動物達が、脱出口を取り囲んでいた。動物達の共通点はただ一つ——額部分に白い十字が輝いていること。

「こっちに来たのか」

動物達の列が割れて、その奥から一人の男が姿を現す。

「加島……！」

令名の眼前に出てきたのは、使い魔使いの加島だった。

「これは……!?」

一瞬《いっしゅん》、何が起きているのか令名は理解しかねた。

周囲を見渡《みわた》す。薄暗《うすぐら》い空間だった——が、暗いのは日没《にちぼつ》の時間だから、だけではない。

たどり着いたこの場所は、地下駐車場《ちゅうしゃじょう》だった。

「俺は、使い魔どもをここに置いているんだ」加島は言った。「いざという時、ハイロウを使わずとも使い魔を呼び出せるように」

「ぐ……！」

想定外だった。まさか、こんな場所に使い魔の群れが潜《ひそ》んでいたとは。

もう一点、地下階まで降りてしまったのも失敗だ。一階で止まっておけば良かったのに、慌《あわ》てて降りすぎたらしい。

令名は地上へ戻《もど》ろうときびすを返した。

「遅いですわ……！」

しかしその時には、令名の退路を断《た》つかのごとく、セラフが姿を現していた。

「なるほど、やりますわね……！」

セラフは激しく肩で息をしていた。ここまで全力で走ってきた、という気配がありありだ。

「窓から、逃げたと、見せかけて、時間差で、逃走ですか……！　さすがに、裏を、かかれました、わ……！」

切れ切れの息で、どうにかしゃべる。しまいには咳《せ》き込み始めた。

「ああ、もう……！　こんなに走ったのは久しぶりですわ……！」

よろけて壁にもたれつつも、セラフは頭をもたげた。

「脱走《だっそう》を企《くわだ》てたらどうするか、前に言いましたよね……!?」

「覚えてますとも」

もはや、逃げることはかなわない。開き直って、令名は堂々とセラフを見返した。

「結構、食事を抜けばいいじゃないですか。でも、私はあきらめないですよ？　まだ時間はあるんです、何度でもトライしますよ、脱走を」

力一杯令名は宣言した。

「……本気で言ってらっしゃいますの？」

「もちろん。私を黙《だま》らせたかったら、私を加島の使い魔《ま》にでもすることですね」

「それができたら、とっくにやっておりますってば」

大きく、セラフは首を横に振った。

「けれども、残念なことに、加島が白十字を使うには、ハイロウを開けなければなりませんからね……。それともあなた、それを狙《ねら》っていたのですか？　こんな無謀《むぼう》な脱走を企てて……」

無言で令名はセラフをにらみ返した。内心の失望を隠すために。

セラフの指摘《してき》は正鵠《せいこく》を射ていた。最悪、脱走が失敗しても、令名を追うためにセラフがハイロウを開くか、令名の行動を煩《わずら》わしいと感じた加島が令名を使い魔にするだろう、という二段構えの作戦のつもりだった。

もちろん、望みの少ない作戦とはわかっていた。令名の「窓からの脱走」を見て、セラフが直接窓から飛び降りなかった時から。セラフが慌てていれば、衝撃波《しょうげきは》で窓に残るガラスの破片《はへん》を吹《ふ》き飛ばし、窓から飛び出たことだろう。だが、セラフは自制心を発揮した。

とはいえ、令名にできることと言えば、これくらいしかなかったのである。

「食事抜き程度では、野良犬《のらいぬ》のしつけはできないみたいですね」

憎々《にくにく》しげに、セラフは吐《は》き捨てる。

「誰《だれ》が野良犬ですか」

令名は言い返し、

「あなたです。あ・な・た」

セラフも全力で言い返す。

「顔こそそっくりですけど、私の知っているレイとは大違《おおちが》いですわね」

「あなたに令君の何が――」

わかるの、と反射的に言いかけて、令名は声を止めた。セラフの言ったレイとは秋島令ではなく、セラフの世界のレイだと悟ったからである。

「……あなたにも、幼なじみのレイがいるんですか」

「そういうことですわ。レイを救うために、私は――」

さらになにか言いかけて、セラフは口を閉《と》ざした。肩を落として一拍《いっぱく》おき、改めて令名と向かい合う。

「申し訳ありませんが、手も拘束《こうそく》させて頂きますからね。……こんなことをするのは、私の趣《しゅ》味《み》ではないのですが……」

背後から、加島が令名の襟首《えりくび》を捕《つか》まえる。

「自分で歩きます」

身体をねじって、令名は加島の手を外した。


「……だめだ」

すっかり周囲が暗くなった頃《ころ》になって、令は芝生の上にうずくまった。

集中力が、完全に切れていた。目隠しと耳栓を取り払《はら》い、身を投げ出す。

少しして、カラミィ達が令のそばに集まってきた。

「…………」

重苦しい空気の中、誰も発言しようとはしなかった。

訓練の成果は、あまりに薄かった。スティクス粒子が収束し、消費される——その感覚を、摑《つか》むことはできた。しかし、感知することができるのは至近距離《きょり》でのみだった。五メートルも離《はな》れると、その感覚は空間に遍在《へんざい》する粒子の濃淡《のうたん》の波と変わらなくなる。霧の中にいるようなものだ。ある程度は見通せても、その先はなにもまったくわからない。

「くそッ」

毒づいて、令は地面を叩《たた》いた。

「お姉ちゃんを助けなきゃならないってのに、このザマはなんだよ、もう」

令は本気で自分に腹を立てていた。一日中、カラミィ達についてもらっての特訓を続けていたというのに、一向に能力の向上は見られない。つい先日にその実体に気づいたばかりとはいえ、物心ついた頃から使える能力だ。少し訓練すればメキメキ上達する——

そう思っていたが、間違《まちが》いだった。

「いやいや、決して無益なわけじゃねえだろ」

弘毅が、令を励《はげ》ますように言った。

「初めはまったくダメだったのが、五メートル範囲《はんい》だったら感知できるようになったじゃねえか」

「そうッスよ」

センジュも重ねて言う。

「大した進歩だ。セラフを捜すことも不可能じゃない」

励まされても、令の暗澹《あんたん》たる気分は収まらなかった。

たしかに、感知はできるだろう——五メートルというあまりに短い距離のうちならば。そんな距離からセラフに衝撃波を放たれたら、逃げられるだろうか？

「ダメだ。これじゃまだダメだよ……もっと遠い距離まで、感じ取れるようにしなきゃ」

すっと立ち上がって、

「訓練を続けよう」

令は宣言したが――不意に、視界が白くなった。

「おっ……と」

立ちくらみだった。見当識を失って、ぺたりと再び芝生に座り込む。

「令！」

色をなして、カラミィが令を支えようとする。

わずかの間、座り込んだ体勢で固まった後、

「……大丈夫《だいじょうぶ》」令は言い返した。「ただの立ちくらみだよ。まだいける」

「儂《わし》らには、そうは見えんな」

マナは仮面を外した。同時に、怨霊が消え去る。

「集中力も限界であろ。このまま続けても、能力のさらなる発展は見込めまいて」

誰も、マナの意見を否定できなかった。当の令も、集中のしすぎの反動か、頭の中はもやがかかったように重い。

「でも」それでも令は言い返す。「今だって、お姉ちゃんがどんな苦しい思いをしているか……。弱音を吐くわけにはいかないよ」

カラミィは眉《まゆ》をひそめた。痛ましい決意を固める令をこれ以上見ていられない、という風に。

「いや、今日の特訓はもう終わり」

苦渋《くじゅう》の決断を、カラミィは下す。

「これ以上やっても、体力を消耗《しょうもう》するだけ。真に大切なのは令名を奪還《だっかん》することであって、令の能力を明日までに開発することじゃない。今日はもう寝てもらう」

「そんな、――」

令は反論しようとしたが、

「反論は許さない」

す、と魔法《まほう》のように、カラミィの手の内に拳銃《けんじゅう》が現れた。気づいた時には、その砲口《ほうこう》は令にまっすぐ向いていた。

「僕達も明日に備える必要がある。徹夜《てつや》の結果、ベストコンディションで戦えませんでしたなんて事態は避《さ》けたい」

「カラミィ！」

慌ててセンジュが飛び込んできた。銃を構えるカラミィの腕に手をかけ、上から押さえつける。

「それはやりすぎッスよ」

「……………」

カラミィの目が大きく見開かれた。

「ごめん。興奮しすぎた」

眉をひそめ、申し訳なさそうに銃を引っ込める。令の目には、これ以上なく冷徹《れいてつ》な態度に見えたのだが——カラミィの中では、興奮していたらしい。

「……………こっちこそ、悪かったよ」

やっとのことで、令は妥協《だきょう》した。

「明日もあるものね。今日はもう終わりにしよう」

その言葉で、場を覆《おお》う緊張感《きんちょうかん》が消えた。一同は胸をなで下ろした。

「お疲《つか》れ様」

弘毅は、ペットボトルを令に投げつけた。

「うわっと」

不意をつかれて、令はペットボトルを摑《つか》み損《そこ》ねた。手に当たって浮《う》いたところを、どうにか拾い上げる。

「……ありがとう、弘毅」

一つため息をついてから、令は蓋《ふた》を開けて、スポーツドリンクを飲んだ。

「水が飲みたいなら、俺の力があるというのに」

カジマーが、指を天に向けて、水を放出し始めた。

「フン。おぬしの泥水《どろみず》を飲みたがる奴《やつ》などおらぬわ」

マナが毒づく。

無言でカジマーは指を下ろし、マナをロックオンした。

「ぬうっ」

素早《すばや》く反応し、マナは地を蹴《け》った。水の直撃《ちょくげき》は避けた——が、着地に失敗、砂利《じゃり》に足を滑《すべ》らせ、地に手をつく。

「何をするか！」

マナは怒鳴《どな》ったが、カジマーはどこ吹く風だった。

「俺が出してるのは泥水じゃねえって、確かめてもらおうと思ったんだがね」

無言でカジマーをねめつけるマナ。しかし無益さを悟ったか、手早く立ち上がった。

「改めて、作戦会議をする必要があるな」

埃《ほこり》を払いながら、同一存在達に語りかける。

「そうッスね」センジュが言った。「期待してますよ、策士殿《どの》」

「任せられよ」マナは薄く笑う。「たとえ令の力が芽生えなくとも、セラフを陥《おとしい》れ、令名を奪還する策はある……はず」

はず、の部分をマナは小声で言った。

「はず？」

センジュの機械の耳は、どんな小声も聞き逃《のが》さない。

「……それは、今から考えるということよ。どんな場合でも、手だてはある」

あさっての方向を見ながら、マナは言った。

「……ま、決してあきらめないってことはいいことッスかね」

センジュは肩をすくめた。

「リミットは、グリザードへの門が開くまで」

カラミィが呟《つぶや》いた。

「僕達はベストを尽《つ》くす。それだけ」


約束の日、日曜日も晴れだった。

令の部屋のカーテン越《ご》しに、春の日差しが差し込んでいる。その日差しを受けて、毎朝令は目を覚ます。天候不順の日はついうっかり寝過《ねす》ごしてしまうこともあるのだが――今日は、目が覚める寸前から、違和《いわ》感《かん》を覚えていた。

(なんかいい匂《にお》いがする……)

初めのうちは、その感覚を楽しんでいた。だが、徐々《じょじょ》に意識がはっきりしてくるにつれ、気がついた――この香《かお》りは、自然発生するものではないということに。

目を開くと、すぐそばにカラミィの寝顔《ねがお》があった。

(……!!)

びくり、と令は跳ね起きた。

パジャマ姿のカラミィが、すぐそこで寝息を立てていた。

安眠《あんみん》を邪魔《じゃま》してはいけない、と考えるほどの余裕《よゆう》は、一応あった。だが、令の思考は一挙に混乱に陥った。

(なんでこんなところにいるんだ!?)

令は自分の手を見つめた。寝ている間、カラミィの腰《こし》に手を回していた——ような気がする。

そういえば、抱《だ》き枕《まくら》を抱く夢を見ていたような気も……

「レイ……」

カラミィが声を漏《も》らして、またも令はびくりとした。

「な、なにか……?」

恐《おそ》る恐る、令は問い返した。

が、カラミィは何も言い返さず、寝返りを打った。

(……寝言か?)

もう一つ、令は気がついた。カラミィの閉《と》ざされた目蓋《まぶた》から、涙《なみだ》が一筋こぼれたことに。

「………」

悲しい夢でも見ているんだろうか。

(少なくとも、抱き枕を抱いている夢じゃないだろう)

気になって、令はカラミィのそばに座り込んだ。じっと寝顔を見つめ続ける。

「ん……」

やがて、カラミィは薄目《うすめ》を開いた。令を認識《にんしき》すると、

「……おはよう」

特に動転するでもなく、普通《ふつう》に挨拶《あいさつ》した。

「あ、うん、おはよう……」

令の挨拶を受けて、カラミィは身を起こす。しばらくの間、寝ぼけ眼《まなこ》を宙に向けていた。珍《めずら》しい、無防備な表情だった。

「……泣いていたみたいだけど」

令が指摘すると、カラミィは顔をこすった。それから手を見て、

「……本当……」

小さな声で呟いた。それから首を上に向け、天井《てんじょう》を仰《あお》いだ。

「……夢を見ていた。昔あったことを思い出してた……」

「昔あったこと?」

「レイを死なせてしまったこと」

苦い表情を、カラミィは見せた。

「僕の幼なじみだったレイは、もうこの世にいない。僕のミスで、死なせてしまった……」

「…………」

令は押し黙った。

「いまだにあの時のことを夢に見る。レイの最期《さいご》の顔が、どうしても忘れられない……」

詳《くわ》しいことを、カラミィは語らない。それでも令には、よくわかった——取り返しのつかないことをいまだに悔《く》いている、カラミィの苦悩《くのう》が。

「センジュもマナも、みんなつらい思いをしてるんだね」

その程度のことしか、令は言うことができなかった。もう少しまともな慰《なぐさ》めの言葉は言えないのか、と自分を責めたくもなるが、どうしようもない。

「生きているだけ、マシ。僕達は生きている。生きていれば、なんとかなる。でも、死んだ人間は、もはやどうにもならない。無、そのもの」

「まあ……ね」

深江千夏のことを思い出しながら、令も頷《うなず》く。

「だから僕達は、この世界の千夏の代わりに、君を守る。そう誓《ちか》って、ここに来た。令を守ることで、あの日犯《おか》した罪を償《つぐな》えるような気がする。自己満足に君を巻き込むようで、申し訳ないんだけれど」

カラミィは苦い表情を見せた。

「昨日のことも、ゴメン。レイは、僕の手下みたいな存在だった。だから興奮すると、つい命令を下してしまう……君がレイじゃないことも忘れて」

（そっちの僕が、カラミィの手下だって？）

つまり、カラミィが親分風を吹かせていたのか。らしからぬ姿を想像して、令は笑いたくなった。

「いや……僕は気にしないよ。僕も、千夏の手下みたいなものだったから」

小中学校と、千夏にいじめから守ってもらったことを思い出しながら、令は言った。

「それに、センジュやマナからも、似たようなことを言われている」

「そう。僕ら三人とも、それぞれにレイのことが忘れられないんだな……」

カラミィは照れて、視線を床《ゆか》に落とした。

「朝から、つまらないことを言ったかな」

「いいや、そんなことないよ」

令は慌てて首を振《ふ》った。むしろ、非常に興味を引かれた。普段《ふだん》は何を考えているのかもよくわからない、カラミィの心に少しだけ触《ふ》れることができたような気がした。

「ただ……なんで僕の布団《ふとん》に入ってたの？」

「それは……ハイロウの出現を感じ取ろうとしたから」

「ハイロウの出現？」

「うん」カラミィは頷く。「君が寝ている間に、セラフ達がハイロウを発現したらいけないと思って、僕が代わりに感知しようと思った。思ったんだけど……」

「途中《とちゅう》で寝ちゃった？」

令が聞くと、カラミィはうつむいたままで頷いた。

「あはは」令は笑った。「仕方ないよ、昨日も遅《おそ》くまでつきあってもらったし。今日は寝不足《ねぶそく》はまずいからね」

そうフォローされて、カラミィも笑った。

5 天使たちの激突

アームド・コンフリクト

「最終確認《かくにん》するぞ」

昼食の場で、マナは切り出した。

「儂《わし》とセンジュが、令を連れて交渉《こうしょう》の場に出向く。できるだけ交渉を引き延ばすから、その間にカラミィが長距離《ちょうきょり》から狙いをつけて、直接狙撃《そげき》する」

食パンを食べるのを一旦《いったん》止めて、センジュが発言した。

「……それだけ？」

「これ以上具体的に詰《つ》められると思うてか」マナは反論した。「廃工場内のどこで身柄交換《みがらこうかん》を行うのか、すら決まっておらんのだぞ。変に状況《じょうきょう》をあてこんだりできるものか」

「なんつうか、事実上無策じゃないッスかねえ。向こうも、カラミィの狙撃は警戒《けいかい》してるでしょ」

「だから、儂が変装する。儂がカラミィのふりをして、奴の油断を誘《さそ》うのよ」

「それはいいアイデア」

センジュは言って、晃一朗に顔を向けた。

「晃一朗、シークレットシューズ用意できる？」

「おいセンジュ」マナは険悪な声で言った。「お主、儂に何か言いたいことがあるようさな」

「いや別に？　ただ、客観的な事実として、おまえみたいなちっこい奴がカラミィに化けるんだったら、ゲタを履《は》かせてやらないと」

「人が気にしていることを……」

マナは立ち上がりかけたが、

「ここで争って何の益がある」

晃一朗が割って入った。

「食事中だ、落ち着いて食べよう」

もっともだ、とマナは腰を下ろした。

「あと、シークレットシューズを今すぐ用意するのはちょっと無理だ」

「晃一朗！」

マナはまた腰を浮かした。

「冗談冗談《じょうだんじょうだん》」晃一朗は笑った。「とはいえ、マナがカラミィのふりをするのは悪くない。それらしくできるよう、何か用意しよう」

「あたしが化けましょうか？」センジュが立候補した。「手足のパーツを少し短い奴に変えてやれば、身長をカラミィにあわせられるッスよ」

「それは結構だが、戦闘《せんとう》能力を維持《いじ》できるのか？」

晃一朗の質問に、センジュは首をひねった。

「う～ん。それを言われると、弱いッスね」

そんな会話を、令は黙《だま》って聞き続けていた。

「僕がセラフの位置を感知できていれば、こんなに悩《なや》む必要もないのに……」

午前中も、令はスティクス粒子《りゅうし》の流れを感知する訓練を行っていた。だが、昨日以上の伸《の》びは見られなかった。

「自分を責めてはいけない」

カラミィが横から言った。

「二日で感知能力を完全にしろ、と要求した僕達の方が間違っていた。今は、手持ちのカードでどう勝負するかを考える時」

「わかってるけどさ……」

それでも、令の心には悔いが残る。なにしろ、この作戦行動が失敗に終われば、令か令名、あるいはその両方が、二度とこの自宅に戻《もど》ってこられなくなる。自分がもう少し頑張《がんば》っていれば、感知能力を完全なものにできたかもしれない、という気持ちが、消えずにいた。

「気持ちを切り替《か》えて」カラミィは要求する。「令はベストを尽くした。だから今は、これからどうやってベストを尽くすか、を考えて」

「そう……そうだね」

もはや、後悔《こうかい》だのなんだのとは言っていられない。迷いやためらいをかかえることは、いざという瞬間《しゅんかん》での判断ミスにつながる。

自分と令名、二人の生還《せいかん》のためにできることは何か。今は、それだけを考える時だ。今は努めて割り切ろうとした。

時計の針は四時半を回り、日は斜陽《しゃよう》の赤い輝《かがや》きになりかけている。

「…………」

監禁《かんきん》部屋の隅《すみ》で、令名はうつぶせに寝転《ねころ》がっていた。

脱走騒《だっそうさわ》ぎを起こした罰《ばつ》として、令名は両腕《りょううで》を拘束《こうそく》されていた。だが、その程度では令名はあきらめなかった。一晩中ドアへの体当たりを続け、「自分はまだへこたれていない」とアピールすると同時に、セラフの安眠妨害《あんみんぼうがい》を試みたのだった。

それは、一定の効果を得られたようだ。昼頃に令名の様子を見に来たセラフは、足下《あしもと》がややふらつき、目は据《す》わっていた。ベストコンディションとは言えない様子だった。

その姿を見て、令名は一定の満足感を得た——が、その行為《こうい》には副作用もともなっていた。

令名自身も寝不足に陥ったのである。セラフが部屋から出ていった後、令名はふと意識を失って——気がついたら夕方だった。

(……寝ていたみたい)

しばらくしてから、令名は自分の体勢に気がついた。首を真横に向け、部屋の一隅《いちぐう》に顔を向けている。視線の先には、格子《こうし》があった。先日、脱走《だっそう》できるか否《いな》かの検討のため、じっと見つめ続けた格子である。

格子の奥の空間は、どこかに通じている。しかし暗く、奥を見通すことはできない。仮に外に通じていたとしても、この狭《せま》さではくぐり抜《ぬ》けることはできない。改めて見直してみても、この穴は狭すぎる。

(結局、黙って身柄交換の場に連れて行かれるしかないのね)

あきらめにも似た思いを抱いた、その時だった。

その格子の向こうから、黒い物体が忍《しの》び込んできたのは。

「フヒィィィ——ッ!!」

金切り声が、廃事務所内に轟《とどろ》いた。

「……? 何かしら」

投げやりな口調で、セラフは呟いた。

令名が一晩中騒《さわ》ぎ続けていたおかげで、あまりよく眠《ねむ》れていなかった。ふと気づくと座り込んで船をこいでいたり、意識を失っていたり、と本調子ではない。今の悲鳴は、ひどくセラフの癇《かん》に障《さわ》った。

「また何か、騒ぎを起こそうとしているのかしら……」

セラフはため息をついた。

(いっそ、無視すべきかしら)

しかし、万が一のことを考えると、ほっとくわけにもいかない。あくびを必死に噛《か》み殺しながら、セラフは令名の部屋へ向かった。

何が起きるか、警戒しながらドアを開ける。

令名は扉《とびら》を開けた正面、部屋の隅に腰を落としていた。恐怖《きょうふ》の表情を浮かべて、別の隅一点をじっと見続けている。

セラフが入ってきたことに気がつくと、令名は顎《あご》で自分の見つめている先を示した。

「?」

セラフの立ち位置からでは、陰《かげ》になって見えない。

部屋に入り、令名の視線を追う。

そして、令名の恐怖の正体を知った。

「ゴキブリ……!」

格子奥の空間から、ゴキブリが室内に入り込み、黒い光沢《こうたく》を放っていた。

「フヒィィ――ッ!!」

セラフは令名とまったく同じ悲鳴を上げると、

「消え去れ!!」

ほとんど本能的に、衝撃波《しょうげきは》を撃《う》ち放っていた。

衝撃波は、ゴキブリを退治するには十分すぎた。狭い室内で撃ち放たれた強力な衝撃波は、暴風となって部屋を吹《ふ》き荒《あ》れる。

「きゃあああああっ!?」

衝撃波の射線のはるか外にいた令名も、無関係では済まなかった。暴風に晒《さら》されて、悲鳴を上げた。上衣《うわぎ》が裂《さ》けて、肌《はだ》が露《あら》わになる。

「はあああ――ッ」

風が収まるまで、一分くらいはかかっただろう。その間、セラフは仁王《におう》立ちしていた――ハイロウを発現したままに。

「………………」

言葉を失ったまま、令名はセラフを驚《おどろ》きの眼差《まなざ》しで見つめ続けた。一瞬《いっしゅん》で、セラフがすごい格好に変身したこともあるが――一番驚いたのは、セラフがあっさりとハイロウを発現したことだった。あれだけ、令に居場所を特定されることを恐《おそ》れていたにもかかわらず。

「……はああッ」

今更《いまさら》、セラフは己《おのれ》のやらかしたことに気づいた。

「これは……不覚……！」

すぐさまハイロウを消し、元の地味な格好に戻る。だが、もう遅い。

「仕方ありませんわね……！」

セラフは令名の手を引き、無理矢理《むりやり》立たせた。

「もう少し待ってからのつもりでしたが、今すぐに出かけなければなりませんね……ついて来て頂きましょうか……！」

現在地でカラミィ達の襲撃《しゅうげき》を受けるのは、避《さ》けたかった。できることならば、グリザードへの逃《に》げ道を確保した状態で交渉をしたい。となれば、今すぐ廃工場へ向かうしかない。

「待って下さい！　こんな格好で出歩けっていうんですか！」

が、上半身はほとんど裸《はだか》の令名は抵抗《ていこう》した。

「はいはい」

これは、セラフも気を配らざるを得ない。昨晩の騒動《そうどう》で窓の外から引き上げられたカーテンを取り上げて、令名の肩《かた》にかけた。胸の前あたりで結び、簡単に羽織らせる。

「さ、行きますよ」

「いやだから、こんなので外に出ろだなんて、――」

「時間がないのです！」

もうできるだけの妥協はした、とばかりセラフは怒鳴り、無理矢理令名を部屋の外へと引きずり出した。


「……来た！」

一声叫《さけ》んで、令はカラミィの頬《ほお》をひっぱたいた。

「ごめん！」

力が強すぎた、と令は謝った。が、カラミィの頬に当てた手を離《はな》しはしない。

「なに」

カラミィも驚いて、目を見開いた。いきなり令に叩《たた》かれたことに対して、ではない。令との接触《せっしょく》を通じて、ハイロウが開かれる感覚が流れ込んできたのだ。

「ハイロウが開いた！」

運転席の晃一朗に声を投げると、

「なんだと!?」

即座《そくざ》に晃一朗は車を路肩《ろかた》に寄せ、停車した。

「本当か！」

慌《あわ》ててマナは空いている令の手を取り、自分の頬に当てた。

「マジ!?」

センジュも身体《からだ》をねじり、令の手の甲《こう》に自分の頬を当てる。

「いや、二人は僕の手を握《にぎ》るだけで事足りるんじゃ……」

令は指摘《してき》した。

「……言われてみれば」

マナはその言を認めた。が、頬を離そうとしない。

「カラミィだけ頬を撫《な》でられるの、ずるいじゃないッスか」

センジュはそう反論した。

「……そうですか」

令は苦笑いした。

その間も、感覚はずっと流れこみ続けていた。持続時間は約一分間、それを過ぎるとすっと消える。

晃一朗は花見州地図を取りだし、後部座席に広げた。全員が地図の上をなぞり、ハイロウの発生した場所を探す。

「……ここ、かな」

やがて、四人の指はある一点で集まった。

「南花見州だと?」

　意外だ、と弘毅が声を上げる。

「いや、不思議じゃない」晃一朗は言った。「この辺も、でかい工場が集まっている区画だ。週末ともなれば、人はほとんどいない。どれだけ大声で助けを求めても、誰《だれ》にも聞こえない」

「ともあれ、これはチャンスかもしれぬぞ」

　興奮を抑《おさ》えきれぬ様子で、マナは地図を食い入るように見つめる。

「これまでハイロウを開かずに、身を隠《かく》してきたのだ。何かしら予期せぬ事態が発生して、開かざるを得ない状況に陥ったのであろ。儂《わし》らに隠れ家が知れたと気づいたであろうから、今すぐにでも廃工場に向かって出発するはず」

　ハイロウ発現地点から、マナは道なりに指を走らせた。

　やがてその指は、南花見州と西花見州をつなぐ橋の上で止まる。

「面白《おもしろ》いのは、南の島と西の島をつなぐのは、ここしかないということだ。迂回《うかい》する手がないでもないが、無駄《むだ》な遠回りとなる。それはつまり——」

「セラフ達は、必ずここを通ってくるだろうってこと?」

　先回りして令が言うと、マナは肯定《こうてい》した。

「本当にそうか?」センジュが口を挟《はさ》む。「あいつ、開き直って、ハイロウを開いて空をすっ飛んでくるかもしれないッスよ」

「それは、それで構わぬとも」マナは鼻で笑った。「令の感知能力と、カラミィの銃《じゅう》……マジカルステッキで、長距離からの狙撃ができる。むしろ仕事が楽になるだろうとも。しかし——」

「ここまで慎重《しんちょう》な態度を取ってきた以上、ハイロウを開いてやってくることはないと思う」

地図を見下ろしながら、カラミィが意見した。

「ならば、待ち伏《ぶ》せる」

橋の西詰《にしづ》め部分を、マナはつついた。

「ここで罠《わな》を仕《し》掛《か》け、奴《やつ》らをはめてやろうではないか。……弘毅！」

「何か？」

突然《とつぜん》名を呼ばれ、弘毅はびくりとした。

「お主、令名を連れていった軽トラ、覚えておるよな？」

「それは、バッチリ」弘毅は答えた。「青い軽トラだ。ナンバーも覚えている」

「完璧《かんぺき》だ」

マナは満面の笑《え》みを浮《う》かべ、そしてその場で立てた作戦を一同に開陳《かいちん》した。

「……こんなことになるとは……」

軽トラの幌《ほろ》の中で揺《ゆ》られながら、セラフは毒づいた。

加島の運転する軽トラは、南花見州の廃事務所を出て、西花見州へと向かっていた。予定よりはるかに早い。

しかも、この予定外の事態を作り出したのが自分のせいなものだから、ますますもって機嫌《きげん》が悪い。

「………」

令名は、セラフからできるだけ離れられる位置に、小さく座っていた。黙ったまま、ピリピリしているセラフの様子を窺《うかが》っている。

(適当な世間話でも持ちかけたら、より冷静さを削《そ》げるかしら)

そんなことを令名は思った。が、これ以上つついたら、切れられそうな気もする。突然癇癪《とつぜんかんしやく》を起こして、令名に衝撃波をブチこまないとも限らないのだ。人質《ひとじち》をいきなり始末することはない――と信じたいが、セラフの衝動的な行動を、ついさっき見たばかりだ。

(黙っていた方がよさそう……ですかね)

警戒態勢は解かず、ひたすらにセラフを観察し続ける。

やがて――

(潮の匂《にお》いが強くなった)

令名の鼻が、海の香《かお》りをかぎ取った。車が、南花見州と西花見州をつなぐ橋にさしかかったのだ。

これを越《こ》えれば、目的の場所は近い。廃工場の中で、一体どんな事態が繰《く》り広げられるのか。

数十分先のことを、令名は危《あや》ぶんだが——

ことは、その時起きた。

「なに!?」

運転席の加島が叫び、急にハンドルを切った。隣の車線へと、軽トラを滑《すべ》らせる。

直後、何かが音を立てて、幌の向こう側をすっ飛んでいった。進路前方から、後方へと。

それが過ぎ去っていく姿が、幌の中からはっきりと見えた。

「……センジュ!」

すっ飛んでいったのは、腕《うで》だった。

肘《ひじ》の部分から火を噴《ふ》く、下腕部。センジュの攻撃《こうげき》、ナックルランチャーだ。

「待ち伏せされていたのですか……!」

自分達の位置を感知されたとわかってはいたが、こうも早く手を回し、仕掛けてくるとは想定外だった。

「加島! 車を止めて!」

命令しつつ、セラフはハイロウを発現した。一瞬でハイロウは床からセラフの頭上へと上昇《じょうしょう》、セラフの着衣は戦闘服に変化する。

橋の真ん中、二つの島からほぼ等距離《とうきょり》の位置で、加島は軽トラを路肩に寄せた。完全に停車してから、セラフは背中の羽根で令名を捕《つか》まえる。

「やめなさい……！」

令名は抵抗したが、無駄だった。あっという間に摑《つか》まれ、身動きを封《ふう》じられる。

「……せッ！」

セラフは頭上に衝撃波を放ち、幌を吹き飛ばした。外の景色は、既《すで》にスティクスの岸辺へと移行している。

橋の向こう側にセンジュの姿を見出《みいだ》して、セラフは叫んだ。

「出迎《でむか》えご苦労様！　でも、こちらには人質がいることをお忘れではありませんか……!?」

と言おうとしたのだが、最後まで発音することはできなかった。

横手から魔弾《まだん》が飛んできて、セラフの肩口《かたぐち》を直撃したのだ。

「やった!?」

はるか離れた場所で、セラフの身体がくるりと回転したのを見て、令は叫んだ。

「もう一発……！」

呟《つぶや》いて、カラミィは魔力をライフルに流し込み、撃った。

令達の現在位置は、橋の上。ただし、セラフのいる橋から約七百メートル北側、中花見州と西花見州をつなぐ橋の上だ。

この場所からだと、南側の橋までの視界が完全にクリアだ。セラフの注意をセンジュが引《ひ》いておいて、真横からカラミィが狙撃《そげき》したのだ。

放たれた二撃目は、セラフの羽根に突《つ》き刺《さ》さった。その勢いで、羽根に摑まれていた令名の身体が離れ、軽トラの荷台から道路へと転落する。

「これでいい……！」

セラフと令名が離れたのを確認《かくにん》して、カラミィはライフルを連射した。正確に、セラフと令名の間へと着弾させる。着弾した弾《たま》は、アスファルトに根を張って、次から次へと発芽、背を伸ばしていく。みるみるうちに、二人の間に壁《かべ》を作った。

「グ……!?」

電撃《でんげき》のごとき激痛に、セラフは悲鳴を漏《も》らした。

間を置かず追い打ちが飛んできて、再び衝撃《しょうげき》を受ける。

「……この……！」

どこを撃たれたのか、すぐにはわからなかった。唯一《ゆいいつ》理解できたのは、これがカラミィの狙撃によってもたらされたということ。即座に背面に手を回し、セラフは手探《てさぐ》りでアサガオのつるを摑んだ。手当たり次第《しだい》に引っこ抜き、アサガオの養分にされるのを未然に防ぐ。背中と羽根でブチブチいう痛みが生まれ、初めて背中を撃たれたのだということに気がついた。

「令名は……!?」

つると格闘《かくとう》しながら、セラフは背後を振《ふ》り返る。

視界は一変していた。緑色の壁が、そこにそびえ立っていた。ついさっきまで、存在していなかったはずの壁が。

「なんなの、あの植物」

遠くの光景を見やりながら、令は尋《たず》ねてみた。

「豆の木」

カラミィは短く答え、銃撃《じゅうげき》を続ける。

(言われてみれば、「ジャックと豆の木」に出てくるアレみたいだなあ)

呑気《のんき》な感想を、令は抱《いだ》いた。

直径一メートルになろうとする、むしろ幹と呼んだ方がよさそうな茎《くき》が、橋を分断する壁をなしていた。アスファルトの下には根を、空へは枝葉をどんどん広げている。

茎と茎の隙間《すきま》の向こうに、令名の後ろ姿が見えた。両手は束縛《そくばく》されたままながら、必死に逃げようとしている。

やがて枝葉は密度を増し、その隙間を埋《う》め、令名を隠した。

(スティクス粒子を吸って生長しているのですね……)

過去のカラミィとの戦いの経験から、セラフはそう悟《さと》った。地面や生物から養分を取れなくとも、カラミィの放つ種子は粒子で生長する。だが、粒子で育った植物は、養分や生気を吸って育った植物よりもはるかにもろい。おそらくはこの壁の厚さは見せかけ、衝撃波で吹っ飛ばせるだろう。しかし、無理に正面突破《とっぱ》せず、迂回した方が早いか——

「よそ見はいけないッスねェ——ッ!」

センジュが、跳《と》び蹴《げ》りをセラフに叩き込んだ。

「………‼」

思索《しさく》にかまけ過ぎ、不意をつかれた。寸前で身をねじって直撃は避けたが、ちょうど撃たれた肩口あたりに蹴《け》りをもらった。

「このッ‼」

癇癪《かんしゃく》を起こして、セラフは即座に衝撃波を放った。素早《すばや》い一撃だったが、狙《ねら》いが適当すぎた。攻撃は、あらぬ空間を通り過ぎていく。

「セラフの相手はこのあたしッスよ!」

背面のジェットノズルを調整し、センジュは空中を大きく旋回《せんかい》、改めてセラフへの接近を試みる。

「あなたの相手をしている場合ではありません！」

セラフは迎撃《げいげき》の衝撃波を放とうとした。が、ヒュンと風切り音が鼻先をかすめ、体勢を崩《くず》す。

「……むうッ」

風切り音の飛んできた方向へ、セラフは視線を向ける。橋の欄干《らんかん》に止まっている車をセラフは視認した――車の窓からライフルを突き出しているカラミィの影《かげ》も。

「一対二！　卑劣《ひれつ》な……！」

「卑劣で結構！」

センジュは言い返した。

「セラフと一対一で戦って勝てると思うほど、あたしはうぬぼれてないッスよ！」

そして、セラフへの体当たりを繰り出した。

「がっ……！」

アスファルトに叩きつけられ、令名は悲鳴を上げた。

だが、痛がっている場合ではない。令名は全力で走り出した。

背後を見やる。追ってくるセラフの姿がすぐそこにあることを予想していたのだが、まったく違《ちが》った。緑色の壁が、視界を塞《ふさ》いでいた。

（カラミィの仕業《しわざ》ね）

令名は直感し、カラミィに内心で感謝した。セラフに追いつかれる前に、逃げなければ――

だが、橋を通り抜ける手前で、令名の足は止まった。

真っ正面、道路を塞ぐように押し寄せる波のような一団が、令名に迫《せま》っていた。

熊《くま》。

ゴリラ。

サル。

獅子《しし》。

廃事務所の地下駐車《ちゅうしゃ》場で見かけた、加島の使い魔《ま》だった。獣《けもの》どもが、令名を捕まえるために群れをなしてやってきた。

思わず、背後を振り返る。退路はないとわかっているのに。

緑の壁の横側から、加島が来ようとしていた。欄干から身を乗り出し、緑の壁の横手から回り込んでいる。橋のこちら側に降り立つと、駆《か》け足で令名を追ってきた。

前方に向き直る。令名と使い魔達の間には、十字路があった。細い横道が左右に延びていた――が、明らかに使い魔達の方が十字路に近い。令名の現在位置からでは、そこに逃《のが》れるのも不可能だ。

（まさか、海に飛び込むしかないの……!?）

欄干から身を乗り出し、海を見下ろす。

海面――人工島と人工島、人工的な海岸線に挟まれた部分なので、水路と言った方が正確かもしれないが――は、はるか下にあった。おそらく、閉じこめられていた部屋よりも高い。ここから飛び降りて、無事で済むかどうか。

とはいえ、使い魔に捕まっても、加島に捕まっても、無事では済むまい。ならば、まだしも望みのあるような気がする、逃走路《とうそう》を選ぶべきなのか――

「……早まるなよ!」

令名の思索を遮《さえぎ》る声が、飛んできた。

その声の主は、横道からおもむろに姿を現した。和服のような漢服《かんふく》のような、ありきたりなようでいて実は珍《めずら》しいデザインの衣装をまとった、背の低い女の子。

「儂《わし》が来たからには、安心してよいぞ!」

マナはそう宣言して、こっちに来いとばかり令名に手招きした。

そして、ハイロウの中から面を取りだし、被《かぶ》る。

「来い! 事故死者の怨霊《おんりよう》達よ! あのケダモノどもを叩いて怨念《おんねん》を晴らせ……!」

かけ声とともに、マナの周囲に怨霊達が現れ始めた。青白く光る不定形の人形《ひとがた》の固まりが宙から現れては、使い魔達に飛びかかっていく。

使い魔の大軍と怨霊の大軍とが道路上で激突《げきとつ》した。怨霊は使い魔に触《ふ》れ、使い魔の生気を奪《うば》っていく。一方で使い魔も怨霊を殴《なぐ》り蹴《け》散《ち》らし、雲散霧消《むしょう》させる。二つの勢力はほぼ拮抗《きっこう》する戦線を形作った。

「マナ……！」

やっとのことで、令名はマナのもとにたどり着く。マナはナイフで、令名の手首を縛るロープを断ち切った。

「逃げるぞ！」

そして令名の手を取り、横道へと突っ込んでいった。

「待て！」

加島もその後を追い、ひたすらに走り続ける。

「この……！」

右、左とセラフは衝撃波《しょうげきは》を連射した。

しかし、センジュは小刻みにノズルを動かして、衝撃波の直撃を回避《かいひ》する。

（一発でも直撃すれば、叩き落とすことができるものを）

焦《あせ》りが、セラフの狙いを不正確なものにしている。自覚はあったが、どうにもならなかった。令の身柄《みがら》を確保するどころか、令名を奪還《だっかん》されつつある。まったく想定していなかった事態だった。とうてい冷静ではいられない。

（それでも、冷静にならなくては）

後悔《こうかい》しても始まらない。やるべきことは、現状を受け入れ、挽回《ばんかい》する対策を講じることだ。

センジュを追いかけることを一旦《いったん》止め、セラフは体勢を立て直した。

「どうしたんスか。降参するようなタマじゃないでしょ⁉」

挑発《ちょうはつ》の言葉を、センジュは投げる。

センジュは、常にセラフの北側へ北側へと回り込もうとしている。南側から撃《う》ってくるカラミィと、挟み撃ちにするためだ。

セラフは西側、あるいは東側を向くことで、両者を常に視界に入れつつ立ち回っていた。だが、不利は否《いな》めない。不利を覆《くつがえ》すには、カラミィとセンジュの連携《れんけい》を崩す必要がある。

そのためには、――

「ならば……はああッ」

セラフは、急激に高度を下げた。橋の下をくぐって、水面ぎりぎりを滑るように飛ぶ。

「橋の陰《かげ》に入るつもりッスか⁉」

橋を盾《たて》とし、銃撃から身を守るつもりか――センジュはそう判断した。陰に入らせるものか、と高度を落として、迎撃体勢に入る。

「ぬううッ」

センジュと一定距離《きょり》まで接近したところで、セラフは手の向きを変えた。左手を振り、水面を薙《な》ぎ払《はら》うように衝撃波を流す。

「うあっ!?」

突然白い壁が発生したかのようだった。

そして、その壁を貫《つらぬ》くように、第二撃が飛んできた。

「…………!!」

衝撃波とともに、巻き上げられた白い飛沫《しぶき》が大量に飛んでくる。避《さ》けることは容易だったが、海水で視界が塞がれる。

(目くらまし……!)

警戒《けいかい》して、センジュは素早《すばや》く後退した。が——

視界が完全にクリアになった時、セラフの姿は消えていた。

「——なに!?」

いや、消えてはいなかった。ただ、はるかに離《はな》れた場所にいた。センジュに背を向け、南方目指して一直線にすっ飛んでいる。

「カラミィ目当てか!?」

センジュは完全に裏をかかれた。噴射《ふんしゃ》を全開、慌《あわ》ててセラフの後を追う。

「カラミィ——ッ」

セラフは超《ちょう》高速で晃一朗の車へと接近してくる。

「来たよ！」

令は叫《さけ》び、

「任せろ！」

と晃一朗はアクセルを踏《ふ》み込んだ。タイヤがぎゅるぎゅると音を立て、急発進する。

「ぎゃッ」

いきなりの移動に、令は座席に頭をしたたかにぶつけた。一瞬遅《いっしゅんおく》れて、後部車窓の向こうで、衝撃波がアスファルトを抉《えぐ》る光景が見える。

「というかこの車、走ってる⁉」

スティクスの岸辺で車が走っている、という驚《おどろ》きが、頭を打った痛みを上回った。

「おうよ！」晃一朗は唸《うな》った。「俺の車はスティクスの中でも走れる特別仕様よ！　ガハハ！」

「きっと、加島の軽トラも処置をされているはず」

静かな声で言いながら、カラミィは改めて車窓から大きく身を乗り出した。

「令、僕が落ちないように押さえてて」

要請《ようせい》しつつ、迫るセラフに狙いを定めようとする。

「わかった」

慌てて、令はカラミィの足を両手で摑《つか》んだ。

カラミィが引き金を引くと、発砲《はっぽう》の衝撃が令に伝わってくる。

しかし、動きながらの狙撃である。狙いは定まらず、弾道《だんどう》はあらぬ方向へと逸《そ》れてくる。セラフを牽制《けんせい》する程度のことしかできない。

「揺れる……」

不満をもらしつつ、カラミィは令に怒鳴《どな》った。

「もっとがっちり押さえて！」

「もっと!?」

どうすべきか、令は一瞬迷ったが、ままよとばかりカラミィの腰《こし》のあたりに全力で抱きついた。カラミィを押さえる腕、座席の床《ゆか》で踏ん張る足の両方に力を込めて、力の限り支える。

「そのまま……！」

カラミィはさらに二発三発と、魔弾を空へと放った。そして、すぐに銃身《じゅうしん》を窓から引っ込める。

「今度はこっち！」

反対側の車窓から銃撃すべく、移動する。

しかし狭《せま》い車内でそう簡単に行くはずもない。速さを優先するため、カラミィは思い切り令を押し倒《たお》した。

「ぬぎゃッ!?」

いきなりはり倒されて、令は目を白黒させた。が、こうせざるを得ない事態であることは重々承知していた。抵抗《ていこう》せず、下敷《したじ》きにされる。

ずりずりと這《は》うようにカラミィは進み、窓から顔を出した。下になった令は胸やら腹やらを押しつけられたが、感触《かんしょく》を楽しむ余裕《よゆう》はなかった。力一杯《ちからいっぱい》引きずられたため、膝《ひざ》やら足首やらが変な方向にねじれたままで固定される。

「ちょっと！　これ無理だって！」

カラミィが撃つたびに衝撃が走り、ねじれた膝にも反動が来る。そのたびに令は悲鳴を上げた。けれどもセラフを撃ち落とすには至らず、セラフはもう一回サイドチェンジをする。

「今度はそっち……！」

合わせて、カラミィも元の車窓に戻《もど》る。令を無茶苦茶《むちゃくちゃ》に押し潰《つぶ》しながら。

「むげえぇッ」

令は轢《ひ》かれた蛙《かえる》のような悲鳴を上げた。

「ちょこまかと動きなさいますね……！」

晃一朗の車を追いかけながら、セラフは感心してもいた。

スティクスの岸辺は、岸辺に突入《とつにゅう》した瞬間《しゅんかん》の現実世界のありようを、そのままにトレースする。その時道路を行き交《か》っていた車が、岸辺においても列をなしていた。渋滞《じゅうたい》というほどでははないが、数は結構多い。

その間を、晃一朗の車は縫《ぬ》うように進んでいた。しかも、衝撃波を避けながらである。曲芸さながらだった。もう少し距離を詰《つ》められれば直撃も狙えるはずなのだが、カラミィの間断無き銃撃がそれを許さない。

(埒《らち》が明かない)

セラフは衝撃波を撃つことを一旦あきらめ、高度を上げた。目先を追いかけるだけではダメだ、大局から見直さなければ——と思ったその時、

「!!」

はるか前方に動く影を見つけた。マナと令名だ。

「そこぉぉ——ッ!!」

次の瞬間、セラフは両手を揃《そろ》えて衝撃波を撃ち放った。

「うぬ!?」

一瞬、マナはびくりとして立ち止まってしまった。セラフがマナを狙って衝撃波を撃ってきたものと思って。

「あっ!?」

気づくのが一瞬遅れ、令名はマナに激突した。二人は転倒《てんとう》し、折り重なって地面に這う。

（なんたる失策！）

己《おのれ》の愚《おろ》かさを呪《のろ》いながら、マナは死を覚悟《かくご》した——

が、衝撃波は、別方向に走っていった。地上へと撃ち下ろされはしたが、狙いは大幅《おおはば》にそれ、近くのビルの入り口あたりで炸裂《さくれつ》する。

「奴《やつ》め、令名も殺すつもりか！」

爆風《ばくふう》と、それにのって飛んでくる飛礫《つぶて》から身を守りつつ、マナは叫ぶ。

「追いつかれる——！」

上に乗っかっていた令名はマナを引き起こした。背後からは、駆け足で加島が迫りつつある。

「フン！」マナは土埃《つちぼこり》を軽く払う。「この程度で、儂《わし》が怯《ひる》むと思うてか！」

強がりを言った。ついさっき、思いっきり怯んだことをもう忘れて。

ところが——今度は、加島が怯んだ。突然《とつぜん》に足を止める。そこから先は落とし穴、と突然気がついたかのように。

「…………ん？」

加島の行動を不審《ふしん》に思ったちょうどその時。

空の光、スティクスの輝《かがや》きが不意に陰《かげ》った。

マナと令名は同時に空を見上げる。

二人の頭上が、黒い影に包まれた物体に覆《おお》われつつあった。

何が起きているのか信じられず、令名は自分の目を疑った。

影の正体は、ビルだった。

衝撃波で土台をえぐられたビルが、令名達目がけて倒壊《とうかい》している。

あまりのことに、足がすくむ。ビルが倒れ込んでくるのを、令名はただ呆然《ぼうぜん》と見つめるしかなかった。


「なに……！」

突然、車の針路を塞ぐ格好で、ビルが倒壊してきた。

晃一朗はブレーキを踏みつつハンドルを切った。車はドリフトしつつ真横に滑《すべ》り、どうにか停車する。

停車した一瞬後、ビルは完全に崩落《ほうらく》した。

急いで晃一朗達は車から飛び降りた。

凄《すさ》まじい量の粉塵《ふんじん》が舞《ま》い上がっていた。視界が完全に塞がり、何も見えない。

粉塵が収まり、視界が晴れるまで待つしかなかった。令の目には、マナと令名がビルの下敷きになったようにも見えたのだが――

「……大丈夫《だいじょうぶ》」

令の心を見透《みす》かしたかのように、傍《かたわ》らのカラミィが言った。

「え？」

「マナのハイロウは、まだ開いている」

そして、令の手を強く握《にぎ》りしめる。

たしかに、マナのハイロウの存在を、令は感知し続けていた。

「ハイロウが開いている限り、マナは生きている。マナが生きているということは、どうにかしているということ」

落ち着いた口調だった。

本当だろうか、と令は訝《いぶか》しんだ。だが今は、カラミィの冷静な態度を信じるしかない。

やがて、塵《ちり》が晴れてきた。そして、令ははっきりと見た。

ビルは完全倒壊していない。ビルの道路に接触《せっしょく》するであろう面と、道路との間には、隙間があった。人の身長分程度の隙間が。

令名は固まっていた。

自分の頭上数十センチのところで、壁は止まっていた。

ビルを支えているのは――マナの身体《からだ》の周囲にまとわりついている、怨霊の輝きだった。

「ぐう……！」

マナは、仮面を取り替《か》えていた。少女の顔を模した木目の面が、マナの顔を隠《かく》している。

霧夏の怨霊が、ビルをただ一人で支えていた。

「早く……！」

マナの姿は、怨霊の内側にあった。

「外に出よ……！」

やっとの事で声を絞《しぼ》り出す。

はっと息を呑《の》み、令名は我に返った。

「でも、マナは……⁉」

「この程度なら、あと一時間は楽勝よ」

マナは不敵に笑った。

「自力で出てみせるわ。だが、お主の面倒《めんどう》までは見切れん……早く！」

それでも令名は何か言い返そうとしたが、

「……………⁉」

いきなり、強い衝撃《しょうげき》を受けた。

真横に引っ張られていく。気がついたら、令名は太い腕《うで》に抱《だ》き上げられていた。妙《みょう》に毛深い腕に。見上げると、そこにゴリラに良く似た顔があった。色々と相違《そうい》点があるので、ゴリラそのものではないのだろうが。

最大の相違点は、額に白い十字が輝いていることだった。

「……使い魔！」

ゴリラは地を這い、あっという間に令名をビルの下から引っ張り出した。向かう先は、主人たる加島のもと。

「……！　離して……！」

令名は暴れたが、少女の細腕《ほそうで》でゴリラの腕力《わんりょく》に敵《かな》うはずがない。ゴリラは令名を加島に差し出し、加島は令名の首根っこをガッチリ摑《つか》んだ。

「やっと捕《つか》まえた」加島は言った。「長い追いかけっこだったな」

令名は、無言でにらみ返すことしかできなかった。

「マナ……！」

センジュが地上に降りてきた。倒れかけのビルを支え、マナに出てくるように促《うなが》す。這うようにして、マナはビルの下から出てきた。それを確認《かくにん》してから、センジュはビルから手を離す。轟音《ごうおん》が轟《とどろ》いて、またもや粉塵が舞った。

粉塵が収まってから、加島は令名を押さえたまま、ビルを飛び越《こ》えてきた――セラフとともに。

センジュとマナのもとに令達も合流した。二陣営《じんえい》は約十メートルの距離を挟《はさ》んで向かい合う。

「やれやれ……でしたわね」

まず、セラフが切り出した。

「紆余《うよ》曲折はありましたが……どうにか、身柄交換《みがらこうかん》できそうですわね」

「う……」

令は、唸るしかなかった。結局のところ、こうなってしまうのか。これまでの骨折りも結局、身柄交換の場所を変える程度の影響《えいきょう》しか及《およ》ぼさなかったのか。

「なんだかんだで、ちょうどいい時間になったようですしね」

言われて、晃一朗が腕時計を見る。そろそろ、六時くらいになりそうだった。

「そちらも、ご存じでしょうね？　そろそろ、グリザードへのゲートが開く時間だってことは。でも、時間稼《かせ》ぎは許しませんわよ……」

セラフは令名を隠すように腕を伸《の》ばして、

「まずは、令をこちらによこしてもらいましょうか？　こっちが令を押さえたら、令名を解放してあげます」

と宣言した。

「ふざけるな！」マナが叫び返した。「お主がそうするという証拠《しょうこ》がどこにある⁉」

「ま……ありませんわね」セラフは認めた。「私を信じて頂きたい、としか。私は彼女に興味なんてありませんわ。それどころか、さっさと引き取って頂きたいくらいでしてよ」

そう言って、口元を手で隠す。笑い出すのかと思いきや、あくびを噛《か》み殺しただけだった。

「さあ！　どうするのですか！」

晃一朗以下、誰《だれ》もにわかには判断を下せなかった。にらみ合いのままに、黙《だま》り込む。

その沈黙《ちんもく》を破ったのは――

「結局、僕が行くしかないのかな」

令だった。

「令……！」

すぐさま、カラミィが令の腕を掴む。

令は微笑《ほほえ》みを返した。

「わかってるよ、君達の任務が僕の保護だってことは。君達の顔に泥《どろ》を塗《ぬ》ることだってわかっている。でも、お姉ちゃんを見捨てることはできないよ」

そして、カラミィの腕を外す。

外された腕の拳《こぶし》をカラミィは固め、

「バカ！」

全力で令のみぞおちに叩《たた》き込んだ。

「ぐふぅ!?」

予想外の攻撃《こうげき》に、令は思わず身を折って悶絶《もんぜつ》した。

「まるで、僕達が任務だからとイヤイヤ令を守っていたような言い方じゃないか。冗談《じょうだん》じゃない」

カラミィにしては珍《めずら》しく、激した様子で言い募《つの》る。

「たしかに僕は任務でここにやってきた。でも、組織員としての義務感だけで、君を守ってきたんじゃない。僕が君を守りたいと思ったから、君を守っている。今朝言ったでしょ？　君がそれを裏切るような真似《まね》をするんなら、僕は実力で止める」

「あのな、カラミィ」

センジュがカラミィの肩《かた》に手を置いた。

「そういう時は、平手で頬《ほお》を張るのが常識ッスよ。どこに、いきなりみぞおちを殴るヒロインがいるんスか。令が泣いてるじゃないッスか」

「…………」

さすがに力を込めすぎたと反省して、

「……ゴメン」

カラミィは謝った。

「気にしないで。カラミィの言葉に感動したから、泣けてきたのさ……うぐぐ」

令は声を絞り出す。どう見ても、みぞおちを殴られた苦しみが故《ゆえ》の涙《なみだ》だったが。

「とはいえ、気持ちはあたしも同じッス」センジュは令に言う。「ここで勝手に行かれたら、泣いちゃうッスよ？　特にマナが」

「なに」

突然話を振《ふ》られて、マナは驚いた。

「ま、まあ……泣いてやらんこともない。と思う」

あさっての方向を見ながら、マナは言った。

「もう少し、すがりつくような感じで言って欲しいッスね」

マナの態度に、センジュはそう注文をつけた。

「うるさい！　儂《わし》は打算で涙を流せるほど器用な人間ではないわ！」

「でも、どうするの」令は言った。「他《ほか》になんか手がある？」

「それは、――」

「いや待て！」

痛いところをつかれて、カラミィ達は黙り込む。

鞭打《むちう》つように鋭《するど》く、しかし低い声で、晃一朗が言った。せっぱ詰まった感に、全員が振り向く。

「これは……都合良くいくかもしれん」

晃一朗は、令名と、令名を押さえる加島に視線をじっと送っていた。

加島と令名の足下《あしもと》に、光輪が発現していた。

加島の頭上には、既《すで》に光輪が乗っているにもかかわらず。

（…………）


セラフがカラミィ達と折衝《せっしょう》を行っている間、令名は頭上を見上げていた。

正確には、加島のハイロウのその内側を。

内側では、赤く黄色い何かが流れ、あるいは渦巻《うずま》いていた。

令名にもはっきりとわかった――それこそが、天使達の力の源、スティクスの流れなのだと。

そこに、令名の目は吸い寄せられていた。離したくても離せない。令名の根本、根元的な部分に訴《うった》えかけるなにかが、そこには流れていた。

流れる。

流れ込んでくる。

スティクスの持つエネルギーが、光輪を通って、スティクスの岸辺に流れ込んでくる。

令名にも、感覚があった。それは、空間だけではない――令名の身体のうちにも流れ込んでくる。

（……そうか）

忽然《こつぜん》と、令名は悟《さと》った。

（そうだったんですね、お父さん）

令名のうちに眠《ねむ》る本能が、目覚めようとしていた。

（よその世界から拾ってきたのは、令だけではなかったんですね……）

そして令名は、自分の意志で、光輪を発現させた。

「な……」

突然、後背からぐいと持ち上げられる感覚を、加島は覚えた。

次の瞬間、天地が逆転した。

「なにッ⁉」

ブン、と豪快《ごうかい》に投げ捨てられる。すぐ前方に立つセラフの背中に激突《げきとつ》し、巻き込んで転倒した。

何が起きた、と加島はすぐさま立ち上がり、状況把握《じょうきょうはあく》に努めた。

そしてあることに気がついた。

令名が自分の手の内から離れてしまっている。

加島は顔を上げ——

「………」

令名が、もとの場所に立っていることを視認《しにん》した。

つい先ほどから、令名は一歩たりと動いていない。だが、はっきりと異なる点が一つあった。

その頭上に、光輪が輝いている。

「なんだと……⁉」

遅《おく》れて立ち上がったセラフも気づいて、目を剝《む》いた。

令名の瞳《ひとみ》が、セラフと加島の姿を捉《とら》える。

次の瞬間、令名の背後でなにかが動いた。

「…………!!」

鞭《むち》のようにしなるなにかが、二人を襲《おそ》う。

セラフは衝撃波《しょうげきは》を放って飛びすさり、逃《のが》れたが——

加島が足を摑《つか》まれた。

「ぬおおおおッ!?」

加島の身体が跳《は》ね上がった。さながら、バンジージャンプで飛び降りた後、ゴムの反動で浮《う》いた人間のように。

だが、加島の足から「なにか」は離《はな》れ、加島はそのままビルの壁《かべ》に激突した。

轟音を立てて壁は陥没《かんぼつ》、加島はビルの内側にめり込んだ。

加島を手放した「なにか」は、波打ちながら令名の背中に戻っていった。

その正体に気がついて、セラフは叫《さけ》んだ。

「……触手《しょくしゅ》!?」

令名の背中から、触手が生えていた。

伸縮《しんしゅく》自在にして、加島を放り出すだけの力を持つ触手が。

「令名は……」

令名に視線を釘付《くぎづ》けにしつつ、晃一朗は令に言った。

「エンサクルスという世界から、物心もつかないうちに連れてきた、おまえの同一存在だ」

「は⁉」

驚愕《きょうがく》のあまり、令は声を上げる。

だが、カラミィ達にはなんら動揺《どうよう》の色がないことにも気づく。

「みんな……知ってたの⁉」

カラミィ達は何も答えない。沈黙は、実質的な肯定《こうてい》だった。

「エンサクルスというのは、奇妙《きみょう》な世界で」

努めて冷静を装いながら、晃一朗は説明を続ける。

「そこの住人は、きわめて鋭敏《えいびん》な感覚を持つ触手を背に生やしている。触覚のみならず、五感を兼《か》ね備えているそうだ。令名が妙に鼻が利《き》くのは、そのせいらしい」

「ちなみに」カラミィが付け加えた。「そこでは、生えた触手の本数が身分の貴賤《きせん》を決める。多いほど高貴な血筋だと目される。令名は端《はし》くれながら、王位継承《けいしょう》権を持っていたとか」

令名の背後で、またも触手が動いた。

「いいようには……」

背の羽根を手の形に変え、セラフは身構えた。さっきは不意をつかれたが、触手の動きは目で追えないほどではない。

「させませんわよッ！」

左右から迫《せま》ってきた触手を、セラフは羽根で押さえた。即座《そくざ》に反撃に転じるべく、衝撃波を撃《う》とうとして――

「なッ⁉」

伸ばした腕が、触手に掴まれた。

「三本目⁉」

三本目の触手はセラフの腕をグイと引っ張り、セラフの体勢を大幅に崩《くず》した。

続けざまに四本目の触手がセラフの足に巻き付き、持ち上げた。

「はあああああ――ッ」

気合いの雄叫《おたけ》びを上げて、令名はセラフを放り投げた。

「なあああ――⁉」

自分の意志とは無関係に宙を飛んで、セラフは焦《あせ》った。

焦りつつ、羽根で掴んでいる触手を手放し、手足を掴む触手を無理矢理《むりやり》振りほどく。自分の前後に小さく衝撃波を放って急上昇《じょうしょう》、壁面《へきめん》への激突を防ぐと同時に、追いすがる触手を一気に離した。

「そこ――ッ！」

間髪《かんはつ》入れず、令名目がけて衝撃波を放つ。

令名は、五本目と六本目の触手を真横に伸ばした。二本の触手を立木に巻き付かせた後、急激に縮める。令名の身体は真横にすっ飛び、十数メートルの距離《きょり》を一瞬《いっしゅん》で移動した。衝撃波は無人の地面を抉《えぐ》った。

「お姉ちゃん!」

令名のもとに、令達が駆《か》け寄る。

「令君!」

破顔して、令名は令を抱きしめた。二本の腕と、引き戻《もど》した触手とで。

「ふわッ⁉」

一瞬令はビビッたが、

(……意外とふにふにしてるぞ、この触手)

令名にされるがままになった。

「というか、これは一体……?」

「背中から生えてるみたいね」

令名は令に背を向けた。六本の触手は、肩胛骨《けんこうこつ》の間、背骨の左右に沿って二列三段に並んでいた。触手がひゅるひゅると引っ込むと、完全に体内に埋《う》もれた。触手が生えているのを示す徴《しるし》すら消えた。

「ま、細かいことは後にしましょ」

言って、令名は空を見上げた。

「焦りと怯《おび》えの匂《にお》いがする。何をしでかすか、まだわからないわ」

「ぐううう……」

その視線の先で、セラフは唇《くちびる》を噛みしめていた。令と令名はともにカラミィ達のもとに戻り、自陣営はといえば、加島が倒《たお》された。敗北を認めざるを得ない戦況《せんきょう》だった。

「どうするの、セラフ」

地上から、カラミィが問いかける。

「令を連れては行かせない」

「ここで機関に仕掛《しか》けたこと自体が無謀《むぼう》だった、と悟るべきさな！」

マナが叫ぶと、センジュも畳《たた》みかける。

「ま、今回の失敗から学ぶ必要はないッスよ？　今から捕虜《ほりょ》になってもらうッスからねえ！」

ジェットを噴射《ふんしゃ》し、センジュは一直線にセラフのもとへ飛んだ。

「……捕まるものですか……！」

センジュに衝撃波を放ちつつ、セラフは逃《に》げ出した。

「うおっとお」

センジュは針路を曲げようとした——が、思ったほどに動けなかった。どうにか回避《かいひ》はできたものの、衝撃波はセンジュの至近をかすめていく。

「こりゃ、どこかいかれたか……？」

早々にセラフを追うのをあきらめ、センジュは高度を下げる。

「僕がやる」

センジュの不調を見てとり、カラミィが宣言した。

「マジカルステッキ大でセラフを狙《ねら》う」

「……大？」

令の問いに対し、カラミィは自分のハイロウにマジカルステッキを突《つ》っ込みながら答えた。

「そう。普段《ふだん》持ち歩いているのは小、今持っているのは中」

マジカルステッキ中をハイロウに押し込み、その代わりにステッキ大を取り出した。

いきなり、ハイロウの中から丸太が落ちてきたように見えた。カラミィはそれに抱きつくような格好で、苦労しながら、引きずり出そうとする。

「手伝うよ」

令も手をかける――と、ずっしりした手応《てごた》えを受けた。

全体を引き出すのに、少々手こずった。全長三メートル、直径三十センチほどの、丸太のようなものだった。丸太と異なる点は、おおざっぱに挙げると二点。端に近い部分に引き金が生えている点と、そのすぐそばに弾丸《だんがん》を射出するであろう砲口《ほうこう》がある点。

「これは……」

全体を眺《なが》めてから、令は率直《そっちょく》な感想を述べた。

「ステッキというより、マジカル柱と呼んだ方が正確な気が……」

「攻城戦《こうじょうせん》用マジカルステッキ」

カラミィはそう主張して、柱を肩に担《かつ》ぎ上げた。

「それもおかしいんだけど……」

百歩譲《ゆず》ってこれを銃《じゅう》と認めるとしても、妙すぎるデザインだった。銃把《じゅうは》はなく、引き金は銃口の直下についている。カラミィは銃口のそばを担いで引き金を握《にぎ》っているが、もう一端《いったん》の方は無造作に地面についている。

カラミィは右手で縄《なわ》を握り、光らせた。その縄は、砲身の真ん中あたりから生えている。右手の魔力《まりょく》をマジカルステッキに伝える役目を持つらしい。

（……火縄銃？）

令は何となく思った。

「令、くっついて」

「わかった」

乞《こ》われて、令は頭を下げて砲身の下をくぐり、カラミィの背中に抱きついた。

令から送り込まれてきた感覚をもとに、カラミィはセラフを追って銃口を動かす。

（けど……やれるのか？）

セラフはかなりの速度で遠ざかりつつあった。その姿は、直接には見えない。いくつものビルの壁の向こう側を、セラフは飛んでいるはずだった。

（放物線を描《えが》いてセラフに直撃《ちょくげき》させる……ってわけじゃ、なさそうだな）

砲口は、明らかに目の前のビルに向けられている。

「令、身構えて……」

一言注意を放ってから、

「発射！」

カラミィは引き金を引いた。

砲口の奥で光が急激に輝《かがや》きを増す。

そして、柱のごとき光の奔流《ほんりゅう》が砲口から迸《ほとばし》り、眼前のビルを直撃した。

その光をセラフが目の当《ま》たりにしたのは、どうにか廃工場のそばまでたどり着いた時だった。

「………!?」

背後が突然《とつぜん》光り輝《かがや》いたかと思うと、凄《すさ》まじい奔流がセラフを襲った。

避《さ》ける間はなかった——が、ちょうど高度を落とそうとしていたのが幸いした。光の柱はわずかにセラフを逸《そ》れる。

それでも、風に煽《あお》られてセラフはバランスを崩した。きりもみしながら急降下、半ば叩きつけられるように地面に着地する。

「ああぁッ」

「これは……カラミィ⁉」

光の通り抜《ぬ》けていった跡《あと》を見上げ、セラフは目を剝いた。ビルの真ん中が、ちょうど丸くくりぬかれているのだ。反対側を見やれば、工場の最上部も削《けず》り取られている。その断面のラインは弧《こ》を描いていた。

と——その丸く削られたへりの部分から、アサガオのつるが伸びてきた。

「ちょ……え……⁉」

へりの全《すべ》ての部分から、つるは凄まじい量、凄まじい勢いでセラフ目がけて迫り来た。濁流《だくりゅう》のごとく、標的目がけて押し寄せる。

「冗談では……！」

セラフは飛んだ。が、つるの群れは針路変更《へんこう》、空中まで追いかけてくる。

「ありませんよッ！」

衝撃波を放って迎撃《げいげき》する。正面から衝撃波を食らうと、つるはあっさり吹《ふ》き飛ばされてちりぢりになる。しかし、所詮《しょせん》は大河を小さな板一枚でせき止めるような行為《こうい》だった。なだれ来るつるに、セラフは押し流されてしまう。

「こんなところで、捕《つか》まって、たまるものですか……！」

あくまでもセラフは抵抗《ていこう》した。荒波《あらなみ》の中を泳ぐように、必死につるをかきわけては衝撃波で吹き飛ばす。

泳ぎに泳いで、セラフはある地点にたどり着いた。

「ここで……！」

最後の力を振り絞《しぼ》り、セラフは前後に腕《うで》をねじって衝撃波を放つ。セラフの身体《からだ》がスピンして、周囲のつるを全てぶっちぎる。一瞬だけ、セラフの全身が自由になった。

一瞬あれば、十分だった。

ちょうどその時、グリザードへのゲートが開いて——セラフの身体は跳ね上がり、次の瞬間にはゲートの中に吸い込まれていた。

「……ハイロウが消えた」

そう呟《つぶや》いて、カラミィは自分の肩から砲身を外した。

「これって……？」

戸惑《とまど》う令に、カラミィは答える。

「多分、セラフはゲートをくぐった。逃げられたってこと。開花確認《かくにん》できなかった」

砲身を放り投げ、地面に落とす。鈍《にぶ》い音を立てて、砲身はわずかに転がった。

直後、カラミィはその場にへたり込み、膝《ひざ》をつく。

「カラミィ!?」

すぐに令はカラミィを支えた。

「大丈夫《だいじょうぶ》」蚊《か》の鳴くような声でカラミィは言った。「久しぶりにマジカルステッキ大を使ったから、ちょっと反動が来ただけ。情けない……」

頭を、カラミィは令の胸に預けた。

「……ありがとう」

令はカラミィにお礼の言葉を述べた。それから背後を振り返り、

「もちろん、マナとセンジュも」

二人にも頭を下げる。

「どうもどうも」

センジュは素直《すなお》に微笑み返し、

「フン。儂《わし》はあくまで任務に忠実であったまでよ」

マナは満足げに呟いた。

「とはいえ諸君、まだハイロウを引っ込めないでくれよ」

晃一朗が言った。

「後始末があるからな」

「後始末……」

令は周囲をぐるりと見回した。あちらこちらでビルが崩落《ほうらく》している。カラミィの砲撃《ほうげき》だけではない、セラフの衝撃波も、あちこちのビルを打ち壊《こわ》していた。さながら、爆撃《ばくげき》でも食《く》らったかのような世紀末的光景だった。

「なあに、ここはスティクスの岸辺だ。この中でどれだけビルが破壊《はかい》されていようと、現実世界にはなんの影響《えいきょう》も出ておらん。とはいえ、加島は回収しなきゃならないし、俺の車も安全な場所に待避《たいひ》しておかなければならん」

「あ、あと、私の上着もお願いします」

令名が挙手した。

「実は、岸辺に入る前からこんな格好だったのですが」

「それは災難だったな……」と晃一朗。「とはいえ、すぐに着替《きが》えは用意できないな」

「僕の上着があるよ」

カラミィに気を配りつつ、令は上着を脱《ぬ》いで、差し出した。

「ありがとう、令君」

令名は笑《え》みを浮かべ、令に抱《だ》きついた。

「うわあ」ほとんど裸《はだか》の令名に抱きつかれて、令は声を上げた。「早く服着て！」

「いいじゃないの、少しくらい」

しばしの間、令名は弟の感触《かんしょく》を楽しんでいた——が、ふとカラミィと視線が合うと、テンションを落とす。

また冷戦が繰《く》り返されるのか、と令は危《あや》ぶんだが——

「あなたにも、ありがとうと言わなければなりませんね」

意外なことに、令名の口をついて出たのは感謝の言葉だった。

「令君にだっこしてもらうだなんて、いつもだったらはり倒しているところですけど、今日だけは見逃《みのが》しましょう」

「……それはどうも」

カラミィの口元がにやついた。令に支えてもらいながら立ち上がり、一歩退く。

「ん？　もういいのですか？」

令名が問いかけると、カラミィは落ち着いた口調で言った。

「今は、後始末をする。令にだっこしてもらう権利は、今晩うちに帰ってからたっぷり行使《こうし》することにする」

「な……!?」

意外な宣言に驚《おどろ》く秋島姉弟を尻目《しりめ》に、カラミィはそそくさと去っていく。

「待ちなさい！　そんなつもりで言ったのでは……！」

慌《あわ》てて令名がカラミィの後を追う。

しばらく立ち尽《つ》くした後、

「……はは。あははは……」

令は笑った。自然とこみ上げてくる笑いを、令は我慢《がまん》せずに解放した。安堵《あんど》したせいか、一度堰《せき》を切った笑いは、なかなかおさまらなかった。


その日の夜遅《おそ》く、ペルセフォネ・アースの清掃《せいそう》部隊が、南花見州の廃事務所にこっそりと乗り込んだ。

中規模の敷地《しきち》を持つ工場の隅《すみ》に、事務所はあった。十年前に閉鎖《へいさ》されたきり長いこと放置されていたらしく、入り口の鉄門はひどく錆《さ》び付いて茶色になっていた。

部隊はこっそりと内部に侵入《しんにゅう》した。目的は、ハデスの天使がなにかしら情報を残していかなかったかチェックすること、そしてスティクスの存在を世間に示すような物証を全《すべ》て始末すること。

前者については、何ら得られるところはなかった。敵に情報を流さないようにするのは基本中の基本、セラフはその基本を忠実に守っていた。さすがに、ここについ最近人を監禁《かんきん》していたという気配を完全に消すまでには至っていなかったが、ハデスの関与《かんよ》を示すものはなにもない。

部隊は、後者についても黙々《もくもく》と仕事をこなした。かなり簡単な部類の仕事だった。敷地の庭には、燃えた花火のゴミやらカップラーメンの容器が散乱していた。近所の悪ガキどもが、時折夜間に侵入してはバカ騒《さわ》ぎをしているらしい。ならば、事務所の中が少々荒《あ》れていても、不自然に思われることはないだろう。

部隊は令名が閉じこめられていた部屋を適当に掃除《そうじ》した後、立ち去った。

捕《と》らえられた加島から、芳《かんば》しい情報は得られなかった。

本来の加島、花見州で生まれ育った加島を、ハデスの加島はどこへやったのか。その点を機関は尋《たず》ねたが、加島は知らぬ存ぜぬの一点張りだった。加島の身柄《みがら》はハデスの上位に引き渡《わた》したきり、あとのことは知らない。彼がどこの世界に放り込まれたかなんて、自分とは関《かか》わりのないことだ、と。

ペルセフォネ側は、その証言を受け入れた。末端《まったん》の構成員に余計な知識を教えないというのは、常套《じょうとう》的なやり方である――ハデスにかかわらず。

機関はその他、ハデスに関する情報を引き出した後、加島を別の世界へ送った。ハデスの捕《ほ》虜《りょ》を閉じこめておくための世界へ。彼はその世界で、捕虜交換の日を待つことになるだろう。

「つまり、俺はしばらく逢花高の学生として生活を続けろってこったな」

トール・カジマーはそう感想を述べた。

「はてさて、泥沼《どろぬま》の底をはいずり回ってきた俺にとっちゃ、この星の太陽はまぶしすぎるんだがね」

「日の光は嫌《きら》いですか？」

弘毅が問うと、カジマーは肩《かた》をすくめた。

「いいや、嫌いじゃない。綺麗《きれい》な日の光はいいもんだ。だが、俺みたいな日陰者《ひかげもの》には似合わねえだろう」

「そんなことはありませんよ。日の光は、誰《だれ》にも平等に降り注ぐもんですって、先輩《せんぱい》」

「……そう言ってもらえると、ありがたいがね」

カジマーは太陽を背にして、指先から放水した。

雫《しずく》となって飛散した水滴《すいてき》は太陽光を撥《は》ね返し、空に小さな虹《にじ》を作った。

「まず初めに、改めておまえ達に謝りたい」

月曜日の夕食の食卓《しょくたく》にて、晃一朗はそう切り出した。

食卓の反対側に座っているのは令と令名。三人の千夏は、深江家で夕食をとっている。今日は親子で話がしたい、ということで、別々に夕食を取ることにしたのだ。

「色々と隠《かく》していたことについて」

「僕は、気にしていないよ」

穏《おだ》やかな表情で、令は言い返した。

「僕達を危険に巻き込まないために、隠してたんでしょ。それは、父さんの判断が正しかったと思うよ」

（よく考えたら、血縁《けつえん》という意味では父ではないんだけど）

発言してから、令は気がついた。自分の出自については、令名から軽く教えてもらっていた。とはいえ、「父さん」は「父さん」だ。いままで育ててくれたのだし、その関係はこれからも変わらない。

「私も、令君と同じ気持ちです」令名も言った。「とはいえ、事実関係くらいは把握《はあく》しておきたい、と思うのですが――」

「全部教える」

晃一朗はそう宣言した。

「おまえ達は、ペルセフォネ機関とハデスの長きにわたる戦いの中に生まれた、いわば孤児《こじ》だ。それぞれの世界で親を、家族を亡《な》くしたおまえ達を見かねて、俺はおまえ達を引き取ったんだ。三歳くらいの頃《ころ》の話だ」

「つまり」令名が言う。「私達は、一つ屋根の下に暮らす三人の他人ということなんですね。血のつながり、という意味では」

「ってことは、父さんの本物の息子《むすこ》は……？」

令に問われると、晃一朗は少し黙《だま》り込んだ。

「事故に巻き込まれた。突発《とっぱつ》的なスティクス・ゲートの発生で、母親とともに消えてしまったんだ」

「消えた……？」

「ああ。その事故のせいで、俺はスティクスの存在について知ることになったんだがな……。不定期型のゲートに瀬名と令は吸い込まれ、行方《ゆくえ》不明になったきりだ。今ならば、突発的に発生したゲートがどこにつながったか、算定することもできるんだが、当時はそこまで理論も観測技術も発達していなかった。機関の組織力でも、わからないのさ……二人がどこに消えたのか」

「…………」

令も令名も声を失った。

「もちろん、あきらめてはいない」晃一朗は続ける。「俺は、瀬名も令もどこかで生きていると信じている。いつか再会できる日を夢見て、機関で働いてるってわけよ」

「……そうだったんですか」

やっとのことで、令名は言った。

「でも、なんで私と令君、二人を引き取ったんですか?」

「理由は二つ。一つは、機関がおまえ達二人の身柄を保護していたから。どちらかを選べだなんて、俺にはできなかった。そしてもう一つは、俺、子供は二人以上欲しかったんだよね」
ニ、と晃一朗は笑った。
「なにか他《ほか》に知りたいことはあるか?」

問われて、令と令名は視線を交《か》わした。

「……今のところ、特に思いつかない」

二人は一緒《いっしょ》に首を横に振《ふ》った。

「そうか。なら、こっちから頼《たの》みがある」

真摯《しんし》な瞳《ひとみ》で、晃一朗は令を見た。

「おまえの力を貸してくれないか」

「力」令は繰り返した。「ハイロウを感知する力、だね」

「その力は、きわめて有益な力だ。機関にとってだけじゃない、花見州の何も知らない住民を守るためにも、おまえの力が必要だ」

「………」

「近いうちに、話すつもりでいた。今回の件があろうとなかろうと。もちろん、おまえは今まで通り高校に通っていい。というかむしろ、親としてはきっちり大学まで出てもらいたいと思っている。バイトくらいの感覚で構わない——拘束《こうそく》時間的には」

「さすがに、責任感までバイト並みとはいかないよね」

令が呟くと、晃一朗は「まあな」と答えた。

しばしの間をおいてから、令は言った。

「ちょっと、考えさせてもらってもいいかな？」

「ああ」晃一朗は頷《うなず》いた。「今すぐに答えてくれとは言わん。俺も、これを打ち明けるまで、かなり考えた」

「……だよねえ」

令は同意を示した。が、晃一朗は首を横に振った。

「いや、おまえが想像している理由とは違《ちが》うぞ。一番悩《なや》んだのは、真実を知った時、令名のタガが外れるんじゃないかという懸念《けねん》が、——」

「お父さん。お願いがあるんですけど」

いきなり令名が腰《こし》を浮《う》かした。

「令君と結婚《けっこん》していいですか？」

「いかん」晃一朗は即答《そくとう》した。「令を婿《むこ》にはやれん」

「なんでですか」

「この国の法律では、男子の結婚は十八歳からと決まっている」

「だったら、二人でどこかよその世界に引っ越《こ》します」

令名は令の肩を抱き寄せた。

「これだから、令名には教えたくなかったんだ」

晃一朗は天を仰《あお》いだ。

「あははは……」

令は笑った。笑うしかなかった。

「とにかく、さっきの話、よく考えてみてくれ」

晃一朗は改めて懇願《こんがん》した。

実のところ、令の答えはもう決まっていた。だが一応、カラミィ達に相談した方がいいんじゃないか、という気持ちが即答をためらわせた。

「まず、晩ご飯を食べましょう。シチューが冷めますからね」

令名はそう言って、自作のシチューを一口すすった。令と晃一朗もそれにならった。


「で、ね」

父からの依頼《いらい》について一通り語ったあと、令はカラミィ、センジュ、マナに言った。

「受けるつもりでいるんだけど……みんなはどうなのかな、と思って」

「どう、とは」

カラミィは逆に聞き返した。

夕食後、令は深江家に乗り込んでいた。深江家の方でも食事を済ませ、三人でテレビを見ているところだった。

「その……」

つっかえつっかえながら、令は言った。

「機関で働くことになって、君らに迷惑《めいわく》をかけることになりやしないかってのが怖《こわ》いというか。今回の件でも足を引っ張りまくったし……」

「その発言は聞き捨てならねぇッスねー」

センジュが声を割り込ませた。

「今回の件で、足を引っ張られたこと、あったッスか？」

カラミィとマナに問いかける。

「記憶《きおく》にない」

「覚えておらぬ」

二人は口々に答えた。

「むしろ、令のおかげで助かったことの方が多かった、とあたしは思うんスけどねえ」

ニヤニヤとセンジュは笑う。

「そもそも、人に自分の身の振り方を決めてもらおうというその根性《こんじょう》が気に入らぬ」

テレビを見ながら、マナも言った。

「人の声など気にするな。自分の歩く道は自分で決めろ。儂《わし》らに責任を負わされても迷惑だ」

「いや、受けるつもりではいるけど……」

令は訂正《ていせい》しようとしたが、

「なら、受ければいい」

カラミィが遮《さえぎ》るように言った。

「僕らは君を歓迎《かんげい》する」

「そうか」

晴れ晴れとした顔で、令は答えた。

「だったら、心おきなく、機関に参加させてもらうよ」

自分の力で人を救うことができる。「花見州の住民」という大まかな対象だけではない。ここにいるカラミィ達に助力することもできるのだ。一方的に守ってもらうだけじゃない、令もカラミィ達を守る。これこそ、対等なつきあいというものだ。

その時、来客を示すチャイムが鳴った。

「こんばんは〜」

やって来たのは、晃一朗と令名だった。令のそばに歩み寄ると、

「結論は出たか」

と問いかける。

「うん」令は頷いた。「話、受けるよ。僕も機関に協力する」

「よく言ってくれた」

晃一朗は胸ポケットから一枚のカードを取り出し、令に差し出した。

「おまえにこれをやる」

そのカードの表面には、令の顔写真があった。

「ペルセフォネ・アースの身分証明証だ。これがあれば、会社の施設《しせつ》に出入りできる」

「へえ……って、もう作ってたの」

裏表を眺《なが》めながら、令は言った。

「ああ。受けてくれると思ってたからな」

晃一朗はさらっと言った。

「釈然《しゃくぜん》としない……」

と口では言ったが、証明証の写真がなかなかいい具合に写っているので、よしとすることにした。

「お姉ちゃんも作ってもらったのよ」

にっこり笑って、令名もカードを取り出した。

「これで、お姉ちゃんも令のことを守ってあげられるわ。千夏達のいいようにはさせないんだから。んっふっふっふっ」

令に肩をよせ、不敵な笑い声を立てる。

「まるで僕達が令をいいように操《あやつ》っているような言い草。認められない」

対抗《たいこう》して、カラミィは令の反対側の肩にしがみつき、令名を見返した。表向きは友好を装いつつ、対抗心をむき出しにした視線と視線が絡《から》み合う。

（またもや火花が散っている……）

見えない戦いを眼前に見出《みいだ》して、令は冷や汗《あせ》をかいた。

「二人とも、仲良くしてよね」

令は二人の背を叩《たた》いた。

気分は決して悪くはなかった。それどころか、新鮮《しんせん》な気持ちを味わっていた——開拓者《かいたく》が、新天地に新たな一歩を踏《ふ》み出す時のような。

今日という日から、新たな生活が始まったのだ。住む場所は変わらないけれども、令を取り囲む世界は一変した。スティクスという悠久《ゆうきゅう》の流れ、世界の有り様を知り、そして隣《となり》には三人の千夏が引っ越してきた。

（僕は、君との約束を守る）

「いつか、私に似た人が、令の前に現れると思うから。優《やさ》しくしてあげて……」

病床《びょうしょう》の千夏は、そう令に頼んだ。

今に至って、令は千夏の言葉の意味を真に理解した。病床にあって、あくまでも令の身を案じていた、その理由も。

(だから、見守っていて欲しい。僕は君の分も生きていくから)

これから、令の行く先に何があるのか。スティクスが広大無辺であるように、その可能性も無限だ。完全に未知の領域だ。

それでも、そばにはカラミィが、センジュが、マナがいる。令名もいる。仲間がいれば、何も恐《おそ》れることはない。心の内に光が差し込んでくるような感覚を、令は覚えていた。

あとがき

六塚《むつづか》です。

なんと新シリーズをお届けいたします。

こちらのシリーズと『レンズと悪魔《あくま》』シリーズ、並行《へいこう》して進めようと考えております。レンズと同様、センカの方もご愛顧《あいこ》頂きたく存じます。

新シリーズですので、コンセプトというか、この物語の成立経緯《けいい》について触《ふ》れておきますか。

タマラセが終了《しゅうりょう》した後、新シリーズを始めるために色々と企画《きかく》を立てたのです。二つか三つくらい？

ところが、これらはことごとく没《ぼつ》を食らいまして。今自分で見返してみると、没にされるのもやむをえないなあという内容なので、仕方のないことではあるんですが。アイデアが良くても、ある程度巻数を重ねられるだけの構造になってないといけませんので。

　つまりタマラセの後、レンズと悪魔を始めるまで半年ほど時間が空いてしまったのは、僕がその間、ナイス企画を提案できなかったという事実に起因《きいん》するわけです。幸《さいわ》いレンズが好評を頂き、今でもシリーズを続けられているということは、あの時苦労《くろう》した甲斐《かい》があったということになりますが。

　レンズは軌道《きどう》に乗ったからいいとして、問題は没ネタの数々です。このまま見捨ててしまうにはちょっと惜《お》しい気がしていました。大きな物語を作る構造にはできなかったものの、その中にあるアイデアはなかなかに光る物があるんじゃないか、と思っていたので。

　しかし、それぞれをブラッシュアップしてみても、シリーズ化に耐《た》えうる代物《しろもの》になるかどうか。悩《なや》んでいたところに、ちょっとしたアイデアがわいたのでした——「一つ一つが小粒《こつぶ》なら、全部まとめて一つの話にしてしまったらいいんじゃね？」と。

　その結果たどり着いたのが、この物語の中に出てくるスティクスという世界観です。目新しいアイデアではありませんが、こういう構造なら色々と妙《みょう》なことができるんじゃないかと思います。長い物語にはしにくい一発ネタを、シリーズ内の一エピソードとして書けるんじゃないか、とか。

し。

もう一つ、ハーレム的なものをやってみたかったのですよ。ライトノベルの王道の一つです

ハーレムものだと、複数存在するヒロインが皆《みな》、主人公に好意を抱《いだ》いています。お約束といえばお約束なんですが、これほど不自然な話もありません。たとえ主人公が超《ちょう》イケメンで頭も良く運動能力も抜群《ばつぐん》、という完璧《かんぺき》超人だとしても、現実問題として、女の子全員の好意を集めうるとは限りません。

ハーレムものに現実味を求める方が間違《まちが》っているような気もしますが、できればそこに「全ヒロインが主人公を好きなのは必然だ」という理由を提示してみたいと思っていました。

主人公を誰《だれ》からも愛されるキャラクターにする、ということではありません。物語の構造上、ハーレム的なものが構築されざるを得ない、ステキなシステムはないものか、と色々試行錯誤《しこうさくご》してみたのです。

結果、「没ネタをまとめて再利用する」という案とこれとが嚙《か》み合い、結果として『ムゲンのセンカ』が生まれました。ハーレム的なものが構築されざるを得ない物語になっているかど

うかは読者の皆様の判断を仰《あお》ぐしかありませんが、少なくとも「ハーレムが築かれうる可能性はあるよね」という程度の説得力は提示できたのではないかと思います。まあ、無限にセンカが存在する以上、令を嫌《きら》っているセンカが存在してもおかしくはないんですが……

ともかく、あまり深く考えずにお楽しみ下さい。特に今作は、全挿絵《さしえ》に対するパンチラの割合がかなり高めになっていると思いますので。これまで僕が出した本の中に限れば、未曾有《みぞう》のパンチラ率を叩《たた》き出してるかと。

冒頭《ぼうとう》にも書きましたが、しばらくの間レンズとセンカの二本立てで進めていきます。どれだけ長く続けられるかは読者の人気、市場の判断にかかっておりますが。センカ達の活躍《かつやく》をもっと見たい、と思って下さるのならば、これ幸いでございます。

次に出る本はレンズと悪魔Xです。多分。十巻到達《とうたつ》とはまことに重畳《ちょうじょう》。

六塚　光

ムゲンのセンカ 1

六塚《むつづか》 光《あきら》

角川文庫 15497

平成二十一年一月一日 初版発行

発行者―井上伸一郎
発行所―株式会社角川書店
東京都千代田区富士見二―十三―三
電話・編集 (〇三)三二三八―八六九四
〒一〇二―八〇七八
発売元―株式会社角川グループパブリッシング
東京都千代田区富士見二―十三―三
電話・営業 (〇三)三二三八―八五二一
〒一〇二―八一七七
http://www.kadokawa.co.jp
印刷所―暁印刷 製本所―BBC
装幀者―杉浦康平

落丁・乱丁本は角川グループ受注センター読者係にお送りください。送料は小社負担でお取り替えいたします。

定価はカバーに明記してあります。

S 179-21 ISBN978-4-04-470716-3 C0193

角川文庫発刊に際して

角川源義

第二次世界大戦の敗北は、軍事力の敗北であった以上に、私たちの若い文化力の敗退であった。私たちの文化が戦争に対して如何に無力であり、単なるあだ花に過ぎなかったかを、私たちは身を以て体験し痛感した。西洋近代文化の摂取にとって、明治以後八十年の歳月は決して短かすぎたとは言えない。にもかかわらず、近代文化の伝統を確立し、自由な批判と柔軟な良識に富む文化層として自らを形成することに私たちは失敗して来た。そしてこれは、各層への文化の普及滲透を任務とする出版人の責任でもあった。

一九四五年以来、私たちは再び振出しに戻り、第一歩から踏み出すことを余儀なくされた。これは大きな不幸ではあるが、反面、これまでの混沌・未熟・歪曲の中にあった我が国の文化に秩序と確たる基礎を齎らすためには絶好の機会でもある。角川書店は、このような祖国の文化的危機にあたり、微力をも顧みず再建の礎石たるべき抱負と決意とをもって出発したが、ここに創立以来の念願を果すべく角川文庫を発刊する。これまで刊行されたあらゆる全集叢書文庫類の長所と短所とを検討し、古今東西の不朽の典籍を、良心的編集のもとに、廉価に、そして書架にふさわしい美本として、多くのひとびとに提供しようとする。しかし私たちは徒らに百科全書的な知識のジレッタントを作ることを目的とせず、あくまで祖国の文化に秩序と再建への道を示し、この文庫を角川書店の栄ある事業として、今後永久に継続発展せしめ、学芸と教養との殿堂として大成せんことを期したい。多くの読書子の愛情ある忠言と支持とによって、この希望と抱負とを完遂せしめられんことを願う。

一九四九年五月三日

冒険、愛、友情、ファンタジー……。
無限に広がる、
夢と感動のノベル・ワールド！

スニーカー文庫
SNEAKER BUNKO

いつも「スニーカー文庫」を
ご愛読いただきありがとうございます。
今回の作品はいかがでしたか？
ぜひ、ご感想をお送りください。

〈ファンレターのあて先〉
〒102-8078 東京都千代田区富士見2-13-3
角川書店 スニーカー編集部気付
「六塚 光先生」係

は暴走中!
著／谷川 流
イラスト／いとうのいぢ
スニーカー文庫